Ellen Barksdale

Tee? Kaffee? Mord! – Tod eines Schneemanns

Tee? Kaffee? Mord! – Die Serie

Davon stand nichts im Testament …

Cottages, englische Rosen und sanft geschwungene Hügel: das ist Earlsraven. Mittendrin: das »Black Feather«. Dieses gemütliche Café erbt die junge Nathalie Ames völlig unerwartet von ihrer Tante – und deren geheimes Doppelleben gleich mit! Die hat nämlich Kriminalfälle gelöst, zusammen mit ihrer Köchin Louise, einer ehemaligen Agentin der britischen Krone. Und während Nathalie noch dabei ist, mit den skurrilen Dorfbewohnern warmzuwerden, stellt sie fest: Der Spürsinn liegt in der Familie …

Über die Autorin

Geboren wurde Ellen Barksdale im englischen Seebad Brighton, wo ihre Eltern eine kleine Pension betrieben. Von Kindheit an war sie eine Leseratte und begann auch schon früh, sich für Krimis zu interessieren. Ihre ersten Krimierfahrungen sammelte sie mit den Maigret-Romanen von Georges Simenon (ihre Mutter ist gebürtige Belgierin). Nach dem jahrelangen Lesen von Krimis beschloss sie vor Kurzem, selbst unter die Autorinnen zu gehen. »Tee? Kaffee? Mord!« ist ihre erste Krimireihe.

Ellen Barksdale

Tee? Kaffee? Mord!

TOD EINES SCHNEEMANNS

Aus dem Englischen von Ralph Sander

be THRILLED

beTHRILLED

Vollständige ePub-to-Print-Ausgabe des in der Bastei Lübbe AG erschienenen eBooks »Tee? Kaffee? Mord! – Tod eines Schneemanns« von Ellen Barksdale

beTHRILLED in der Bastei Lübbe AG

Textredaktion: Dorothee Cabras
Lektorat/Projektmanagement: Rebecca Schaarschmidt
Covergestaltung: Kirstin Osenau unter Verwendung von Motiven © shutterstock/SJ Travel Photo and Video, © Mary Ro/Shutterstock, © Mary Ro/Shutterstock, © PJ photography/Shutterstock
Satz: 3w+p GmbH, Rimpar (www.3wplusp.de)
Druck: Books on Demand GmbH, Norderstedt

ISBN 978-3-7413-0140-7

www.be-ebooks.de

www.lesejury.de

FSC
www.fsc.org
MIX
Papier aus verantwortungsvollen Quellen
Paper from responsible sources
FSC® C105338

Prolog, in dem es zu nächtlicher Stunde zu einer unerfreulichen Begegnung kommt

»Mann, hat der eine Straßenlage!«, rief Jessy begeistert, während ihr Freund Matthew das Gaspedal noch etwas weiter durchtrat. »Und dabei komme ich mir vor, als würde ich im Sessel sitzen.«

Matthew warf einen flüchtigen Blick zur Seite und grinste seine Freundin an. »Ich hab dir doch gesagt, dass der besser ist als jeder Porsche oder Jaguar.«

»Vor allem total bequem«, stimmte Jessy ihm zu.

»Kannst du bitte etwas langsamer fahren?«, warf Eliza von der Rückbank her ein. »Es ist Winter, es hat geschneit, und du bist viel zu schnell!«

»Wir haben doch noch nicht mal die Hundert-Meilen-Grenze geknackt«, hielt Jessy dagegen und strich sich diese eine blonde Strähne hinters Ohr, die ihr immer wieder ins Gesicht fiel. Dann drückte sie sich in das weiche Leder des Beifahrersitzes und räkelte sich genießerisch. »Unter hundert macht so ein Wagen doch keinen Spaß.«

»Außerdem hat dieser Maserati jedes Assistenzsystem, das man sich nur vorstellen kann«, ergänzte Matthew. »Da kann gar nichts passieren.«

Eliza schüttelte ungehalten den Kopf. »Ihr und eure Assistenzsysteme! Eines davon funktioniert ganz sicher nicht, nämlich das, das den Motor gar nicht anspringen lässt, wenn der Fahrer einen zu niedrigen IQ hat.«

»Autsch, Eliza«, gab Matthew in einem gespielt gequälten Tonfall zurück. »Ich habe auch Gefühle, ich bin schließlich nur ein Mensch.«

»Du glaubst auch alles, was man dir erzählt, Matt!«, rief Martin und ließ ein schallendes Gelächter folgen. Dann wandte er sich seiner Freundin Eliza zu. »Du musst dir keine Sorgen machen, Süße. Ich kenne Matt schon seit dem Kindergarten, der war noch nie leichtsinnig.«

Eliza seufzte. »Ich habe ehrlich gesagt keine Ahnung, wann für dich Leichtsinn anfängt. Aber mitten im Winter über eine Autobahn zu rasen, auf der selbst im Sommer nur siebzig Meilen erlaubt sind, halte *ich* für Leichtsinn. Wir haben neun Grad unter null, wenn diese Anzeige da vorn stimmt, rechts und links an der Seite liegt Schnee. Da kann man doch nicht so tun, als wäre man mitten im Sommer unterwegs. Und es ist auch noch Nacht.«

»Freitagabends um diese Zeit ist doch kein Mensch unterwegs«, beharrte Matthew. »Da kann nichts passieren, glaub mir.«

Frustriert ließ sich Eliza nach hinten in den Rücksitz

sinken. »Wenn ich schon nicht an deine Vernunft appellieren kann, Matthew, kannst du vielleicht einfach aus Rücksicht auf meinen Magen etwas langsamer fahren. Der dreht sich nämlich bedenklich hin und her, und ich weiß nicht, wie gut das aus diesem Wildleder wieder rausgeht, wenn ich mich gleich übergeben muss.«

»Matt, du solltest diese Kotztütchen zur Hand haben, die man im Flugzeug bekommt«, meinte Martin, klatschte seine Hand auf Elizas Knie und ließ abermals ein schallendes Gelächter folgen.

Matthew stöhnte leise auf. »Schon gut, schon gut. Pass auf, Eliza, ich schlage dir einen Deal vor: Ich gebe jetzt noch einmal Gas, bis wir die nächste Kurve hinter uns haben, danach halte ich mich ans Tempolimit. Okay?«

Sie reagierte mit einem skeptischen Brummen. »Ist an der nächsten Kurve irgendwas Besonderes?«

»Die ist nur ein bisschen enger«, sagte er und zuckte mit den Schultern. »Da bekommt ihr einen Eindruck davon, was diese Sitze für einen Halt bieten.«

»Ich würde dir das zwar auch ohne Demonstration glauben …«, begann Eliza und ließ den Satz unvollendet. Sie winkte ab, um ihn ohne weitere Einwände gewähren zu lassen. Gleichzeitig wurde sie in ihren Sitz gedrückt, da Matthew wie angekündigt Gas gab und auf über hundertdreißig Meilen beschleunigte. Sie war nur froh, dass es dunkel war und sie nicht sah, wie links und rechts die Landschaft an ihnen vorbeiraste.

Mitten in der Kurve schrie Jessy plötzlich: »Da vorne, Matt! Pass …«

Eliza sah am Armaturenbrett gleich mehrere Warnsymbole aufleuchten. Eines davon machte auf eine vereiste Fahrbahn aufmerksam, die anderen konnte sie in der Kürze der Zeit nicht mehr erfassen. Sie kniff die Augen zu, während Jessy schrie und schrie. Dann … gab es einen Knall.

Erstes Kapitel, in dem Nathalie mehr als eine überraschende Entdeckung macht

»Guten Morgen, Miss Ames«, sagte eine vertraut klingende Stimme, als Nathalie früh am Samstagmorgen noch halb verschlafen ins Café des Black Feather schlich, um sich am Frühstücksbuffet einen Kaffee zu holen. Sie drehte sich um und entdeckte an einem der hinteren Tische Paige Rittinghouse, die Besitzerin der Buchhandlung Paige's Page Parlour, die sie erst vor wenigen Monaten in Earlsraven eröffnet hatte.

»Oh, guten Morgen, Miss Rittinghouse! Der Schnee hat Sie nicht davon abgehalten, heute Morgen herzukommen?«, fragte Nathalie erstaunt. »Die meisten wagen sich seit Tagen erst in der Mittagszeit hierher.« Das war auch der Grund für Nathalies Schlabberlook. Die dunkelblonden Haare fielen ihr offen über die Schultern. Sie hatte um diese Zeit nicht mit Gästen im Café gerechnet, sonst hätte sie wenigstens Jeans und Pullover angezogen, anstatt in Jogginghose und weitem T-Shirt hier zu erscheinen.

Die Buchhändlerin winkte ab. »Wissen Sie, ich komme aus dem Norden. Da bezeichnet man das, was da draußen liegt, noch lange nicht als Schnee. Ab fünfzehn Zentimetern können wir noch mal darüber reden.« Mit zwei Fingern strich sie sich eine Strähne aus dem Gesicht. Die langen rötlichen Haare, die ihr weit in den Rücken fielen und die normalerweise zu einem Zopf geflochten waren, trug sie jetzt zu einem seltsamen Knäuel hochgesteckt, das von einer Vielzahl bunter Nadeln in dieser Form gehalten wurde. »Darum genügt mir ja auch das hier«, fügte sie hinzu und deutete auf ihre Jeansbluse, die unterhalb der Schultern mit einem fröhlichen Blumenmuster bestickt war. Es schien ihr sogar etwas zu warm zu sein, da ihr Gesicht leicht gerötet war und man den schmalen Streifen Sommersprossen quer über den Nasenrücken und die Wangen kaum ausmachen konnte.

»Na, wer so abgehärtet ist, der hat dann auch ein Buffet verdient«, sagte Nathalie und wollte in ihre Wohnung im hinteren Teil des Gebäudes zurückkehren.

»Wenn Sie möchten, können Sie sich gern zu mir setzen«, schlug Paige in dem Moment vor. »Ich wollte Sie ohnehin noch auf etwas ansprechen.«

Nathalie überlegte, ob sie irgendeine Ausrede vorschieben sollte, um in Ruhe ihren Kaffee zu trinken. Andererseits konnte sie auch die Gelegenheit nutzen und sich anhören, was Paige mit ihr bereden wollte, schließlich hatten sie gerade beide Zeit – und die Buchhändlerin hatte sie neugierig gemacht. Nathalie nahm ein Croissant aus dem Korb auf dem langen Buffet und setzte sich zu ihr.

»Dann erzählen Sie mal!«, sagte sie und lächelte Paige an.

Die betrachtete etwas skeptisch Nathalies angestrengte Miene und fragte: »Sie sehen etwas gerädert aus, Miss Ames. Wollen Sie sich nicht lieber wieder hinlegen?«

Nathalie winkte ab. »So sehe ich nur aus, weil ich die erste Nacht in meinem neuen Bett verbracht habe. Ich betone ›verbracht‹, weil von ›geschlafen‹ nicht die Rede sein kann.«

»Ich glaube, so geht es wohl jedem«, sagte die Buchhändlerin und trank von ihrem Kaffee. »Aber ich dachte, Sie hätten Ihre Möbel schon längst bekommen. Obwohl … es gab irgendwelche Komplikationen, wenn ich das richtig gehört habe.«

»Genau. Das Umzugsunternehmen hatte Konkurs angemeldet, und meine Möbel waren wochenlang in einem Lager eingeschlossen.« Nathalie hob in einer bewusst überzogenen Weise die Hände Richtung Himmel und verdrehte dabei die Augen, als wollte sie sich bei einer höheren Macht über das ihr angetane Unrecht beklagen. Dabei grinste sie ironisch. »Na ja, letztlich habe ich doch noch alles zurückbekommen, was mir gehört. Allerdings war einiges davon ziemlich ramponiert, wohl weil die Möbelpacker alles achtlos in ihrem Transporter übereinandergestapelt hatten. Tja, und das hat vermutlich meinem Bett den Rest gegeben. In der zweiten Nacht ist es einfach zusammengeklappt. Bis gestern habe ich dann auf meinem Sofa geschlafen, weil der Möbelhändler nicht so schnell liefern konnte, wie ich mir das gewünscht hatte.« Sie trank einen Schluck Kaffee. »Und jetzt frage ich mich, ob ich nicht auf dem Sofa hätte bleiben sollen. Aber Sie wollten mich sprechen, Miss Rittinghouse.«

Die Buchhändlerin schluckte den Bissen herunter, den sie im Mund hatte, und begann Teller, Tasse und Besteck gerade zu rücken, als könnte sie ihre Gedanken nur ordnen, wenn auch um sie herum alles wohlgeordnet war. Sie lehnte sich zurück und erklärte: »Miss Ames, ich habe überlegt, ob wir vielleicht zusammenarbeiten könnten. Wir könnten meine Kundschaft in Ihr Lokal und umgekehrt die Gäste aus Ihrem Lokal in meine Buchhandlung locken. Ich habe zum Beispiel an eine Art Krimi-Dinner gedacht, bei dem wir im Black Feather einen Krimi inszenieren. Beim festlichen Abendessen geschieht ein Mord, und anschließend muss der Mörder gefunden werden. Vorlagen gibt es in der Kriminalliteratur mehr als genug. Das kann natürlich auch in meinem Geschäft veranstaltet werden, dann würden Sie das Essen dahin liefern.«

Nathalie überlegte. Sie hatte selbst schon darüber nachgedacht, gerade in den Wintermonaten, in denen es in Earlsraven sehr ruhig zuging, ein bisschen Programm im Pub anzubieten. Allerdings war sie nun mal mehr Statistikerin und weniger Eventmanagerin. Da kam ihr Paiges Vorschlag wie gerufen.

»Klingt interessant«, meinte Nathalie schließlich. »Wenn wir das hier veranstalten, könnten wir diesen Raum nutzen, denn nach sechs ist das Café normalerweise geschlossen. Im Pub nebenan wäre das eventuell etwas schwieriger, weil wir ja wegen der Umgehungsstraße auch viel Laufkundschaft haben, die hier vorbeikommt und mal eben etwas essen oder trinken will. Wenn wir die Tür abschließen und ein Schild *Geschlossene Gesellschaft* hinhängen, kommt das bei diesen Gästen nicht so gut an. Im Sommer ist das einfacher, da können wir ein paar mehr Tische auf die Terrasse stellen, wenn hier ein Konzert oder irgendwas Ähnliches stattfindet.«

Paige sah sich um. »Das wäre dann doch wirklich ideal«, sagte sie. »Eine andere Möglichkeit wären Lesungen unter dem Motto ›Fortsetzung folgt‹. Ich kann sicher den einen oder anderen Autor dafür gewinnen, nach Earlsraven zu kommen, um beispielsweise an drei Abenden aus einem seiner Bücher zu lesen. Freitags könnte er die ersten Kapitel hier im Black Feather lesen und dann mitten in der Handlung abbrechen, am Samstag geht es dann in der Buchhandlung weiter, und am Sonntag ist er wieder im Black Feather.«

»Das gefällt mir sogar noch besser«, antwortete Nathalie. Eigentlich hatte die erste Idee auch ihren Reiz, aber in der kurzen Zeit, in der sie jetzt in Earlsraven lebte, waren schon zu viele Morde geschehen. Da wollte sie nicht unbedingt ihr Glück herausfordern und eine Geschichte von Mord und Totschlag nachspielen lassen. Am Ende gab es dann noch einen echten Mord, weil irgendwer die »günstige Gelegenheit« nutzte, um jemanden ins Jenseits zu befördern, der ihm ein Dorn im Auge war. »Das sollten wir auf jeden Fall weiterverfolgen. Haben Sie an einen bestimmten Zeitraum gedacht?«

»Nein, und es wird in jedem Fall noch eine Weile dauern«, erwiderte Paige. »Ich muss erst mal die passenden Autoren aussuchen und dann hören, wer von ihnen wann Lust und Zeit hat.«

»Okay, Miss Rittinghouse.« Nathalie reichte ihr die Hand, um die Abmachung zu besiegeln. »Wenn Sie die Rückmeldungen haben, geben Sie mir Bescheid. Dann überlegen wir, wie wir das am besten aufziehen.«

Sie unterhielten sich noch eine Weile über Earlsraven und die Menschen, die hier lebten, was einer gewissen Ironie nicht entbehrte und Nathalie innerlich über sich selbst schmunzeln ließ. Immerhin war sie selbst noch nicht ganz ein Jahr hier, aber sie redete über das Dorf und seine Bewohner so, als hätte sie ihr ganzes Leben hier verbracht. Sie fühlte sich hier rundum wohl und vermisste ihr altes Leben in Liverpool kein bisschen. Als sie das Black Feather von ihrer Tante geerbt hatte, war sie sich längst nicht so sicher gewesen, ob sie es wirklich auf Dauer hier auf dem Land aushalten würde. Immerhin war sie zuvor nur in den Ferien hergekommen, und von ein paar Wochen Nichtstun als Schülerin konnte wohl niemand darauf schließen, ob es ihm auch auf Dauer an einem idyllischen Ort wie diesem gefallen würde. Aber zu ihrer eigenen Überraschung hatte sie feststellen müssen, dass ihr die Großstadt mit ihrem Lärm und ihrer Unruhe und den Menschenmassen immer weniger behagte, je länger sie in Earlsraven war. Und auch wenn sie ihr Faible für Statistik im Black Feather gut brauchen konnte, genoss sie doch auch die ganz anderen Seiten, die sie durch ihre Arbeit hier entdeckte. Der Umgang mit Menschen und das Planen und Ausdenken solcher Veranstaltungen wie mit Paige Rittinghouse gerade waren einfach großartig.

»Ah, da sind Sie ja, Miss Ames!«, ertönte es plötzlich, und Nathalie unterbrach ihr Gespräch mit Paige. Sie sah nach rechts zum Durchgang, der das Café mit dem Pub verband. Dort stand ein dick eingepackter Mann, von dessen Gesicht fast nur die Nase zu sehen war, die aus dem Freiraum zwischen hochgeschlagenem Mantelkragen und Wollmütze hervorlugte.

»Mister Jacoby?«, fragte sie zögerlich.

»Sagen Sie nicht, dass meine Nase mich verraten hat«, sagte er lachend, was recht gedämpft klang, da der Mund hinter dem Kragen verborgen war.

»Ehrlich gesagt«, gab sie amüsiert zurück und stand auf, um ihm entgegenzugehen, »hat Sie die Flasche Wein in Ihrer Hand verraten. Um diese Uhrzeit ist hier sonst niemand mit Wein unterwegs, es sei denn, er ist ein Weinhändler.«

»Sie sollten Detektivin werden«, meinte Jacoby. »Bei Ihrem Scharfsinn würde Ihnen sicher nichts entgehen.«

Nathalie lächelte nur. In den letzten Monaten hatte

sie gemeinsam mit ihrer Köchin Louise zwar dazu beigetragen, gleich mehrere Straftäter zu überführen, aber sie versuchte, das nicht an die große Glocke zu hängen. Es hätte den für Earlsraven und Umgebung zuständigen Constable Ronald Strutner schlecht dastehen lassen, wenn allgemein bekannt geworden wäre, dass er gar nicht der scharfsinnige Ermittler war, für den ihn die meisten Leute hielten.

»Ich möchte Ihnen als treue Kundin zu Weihnachten eine kleine Aufmerksamkeit im Namen meiner Weinhandlung zukommen lassen«, redete der Mann weiter und übergab ihr die Flasche. »Dieses Jahr gibt es einen Moselwein, den hat Ihre Tante sehr gern getrunken. Danke übrigens, Miss Ames, dass Sie den Wein weiterhin von mir beziehen. Bei vielen Lokalen bedeutet ein Inhaberwechsel auch, dass sämtliche alten Lieferanten durch neue ersetzt werden.«

Nathalie bedankte sich, wünschte ihm ebenfalls frohe Weihnachten, dann nickte sie Paige zu. »Wir sehen uns sicher noch vor den Feiertagen, oder?«

»Auf jeden Fall«, versicherte ihr die Buchhändlerin und winkte ihr nach, während Nathalie in die Küche ging und den Wein in den Kühlschrank legte. Als sie sich umdrehte und die Küche wieder verlassen wollte, stand ihre Köchin Louise Cartham in der Tür.

»Lass mich raten«, sagte Louise und musterte Nathalie aufmerksam. »Erste Nacht im neuen Bett, wie?«

»Sieht man mir das tatsächlich so deutlich an?«, wunderte sie sich und strich sich das T-Shirt glatt.

Louise lachte ausgelassen. »Du siehst nicht unbedingt ausgeschlafen aus, aber das mit dem Bett habe ich nur gesagt, weil ich gestern mitgekriegt hatte, wie es geliefert wurde«, beruhigte sie ihre Chefin. »Den Spruch hatte ich mir schon gestern Abend zurechtgelegt. Es würde mich nicht wundern, wenn Ronald sich die Bemerkung auch nicht verkneifen kann.«

Nathalie stöhnte leise auf. »Vielleicht sollte ich mir das T-Shirt mit dem Spruch bedrucken lassen, das würde mir vermutlich eine Menge Fragen ersparen.« Sie legte den Kopf schräg und betrachtete Louise. »Was ich dich schon seit Tagen fragen will: Ist dir eigentlich nicht kalt?«

Seit in der letzten Woche die Temperaturen deutlich unter den Gefrierpunkt gesunken waren, hatte sich Nathalie immer wieder über die ältere Frau gewundert, die jeden Tag mit einer Jacke zur Arbeit erschienen war, die mehr für einen kühlen Herbsttag geeignet war als für eine für diese Region untypische Kältewelle.

Louise schüttelte den Kopf. Die grauen Haare, die in einem interessanten Gegensatz zu ihrem noch jugendlich wirkenden Gesicht und den blitzenden Augen standen, trug sie momentan etwas länger als üblich, auch wenn der Haarschnitt immer noch eine Kurzhaarfrisur war. »Nach vier Wochen Winter in Sibirien können mich ein paar Grad unter null nicht mehr beeindrucken. Mal ganz abgesehen von den Schneemassen, mit denen wir damals zu tun hatten. Dagegen ist das da draußen ein Witz.«

Mit »damals« musste sich Louise auf ihre frühere Tätigkeit als Agentin im Dienste Ihrer Majestät beziehen, vermutete Nathalie. Über diese Zeit wusste sie so wenig, dass sie nicht mal mit Gewissheit sagen konnte, ob Louise tatsächlich im Dienste Ihrer Majestät aktiv gewesen war. Vielleicht wusste ja nicht mal die Queen, dass es diese streng geheime Einrichtung gab, für die Louise gearbeitet hatte.

»Aber auch wenn ich noch lange nicht friere, sollten wir dem armen Kerl da draußen vielleicht doch eine Decke geben.«

Nathalie stutzte. »Welchem armen Kerl? Hat in der Kälte etwa jemand vor dem Haus übernachtet?«

»Ich meine den Typen, der auf dem Parkplatz vor

dem Pub rumsteht. Vor Kälte ist er schon ganz bleich«, redete Louise weiter und zwinkerte Nathalie zu, was die aber nicht mitbekam, da sie bereits an ihr vorbei aus der Küche eilte.

»Wer? Was?«, fragte sie besorgt, lief vom Flur in den Pub und von dort nach draußen auf den Parkplatz. Im Vorbeigehen hatte sie sich schnell an der Garderobe ihre Daunenjacke übergeworfen. Suchend sah sie sich um, aber der Platz war um diese Zeit verwaist und mit einer Schneeschicht überzogen. »Wer denn? Louise, was redest du da?«

»Von ihm rede ich«, sagte die Köchin, die ihr in ihrer Übergangsjacke nach draußen gefolgt war.

Nathalies Blick folgte der Richtung, in die die ältere Frau zeigte. Einen Moment lang fehlten Nathalie bei diesem unerwarteten Anblick die Worte, dann murmelte sie: »Was ist denn *das?*«

»Wir haben so was immer als ›Schneemann‹ bezeichnet«, meinte Louise amüsiert.

»Wir auch«, gab sie etwas ungehalten zurück. »Ich wollte eigentlich wissen, was der Schneemann da macht. Außer rumzustehen«, fügte sie hastig an, ehe sie noch so eine Antwort zu hören bekam.

Der Schneemann war ein glockenförmiges Gebilde von über zwei Metern Höhe, das am Boden vielleicht zwei Meter Durchmesser hatte und sich nach oben hin leicht verjüngte. Der Kopf saß gedrungen auf dem Rumpf; in den Schnee hatte man dunkle Kieselsteine gedrückt, um Augen, Nase und Mund darzustellen. Dieser Schneemann war ein Koloss.

»Treibt in Earlsraven etwa ein Serienschneemannbauer sein Unwesen?«, fragte Nathalie.

»Das würde zu Earlsraven passen«, meinte Louise vergnügt. »Ein Schneemannbauer, der so riesige Figuren in die Landschaft setzt, dass einem ein bisschen anders werden kann. Wenn ich mir vorstelle, so ein Riese stürzt um und begräbt mich unter sich …« Sie schüttelte den Kopf. »Ich tippe eher auf einen Spaß, den sich ein paar Jugendliche geleistet haben. Schließlich steht an der Stelle die Tafel mit den Wochenangeboten, aber die ist jetzt unter dem Schnee verschwunden.«

»Vielleicht hat uns den ja ein Konkurrent hingezaubert, damit niemand weiß, was im Angebot ist, und wir auf unserem Essen sitzen bleiben«, sagte Nathalie, nicht ganz ernst gemeint. Dann fiel ihr etwas ein. »Apropos Jugendliche: Das ist mir schon ein paarmal aufgefallen, doch es ist immer wieder in Vergessenheit geraten, weil irgendwas dazwischenkam. Wieso gibt es in Earlsraven und anscheinend auch in der Umgebung so wenige Jugendliche und kleine Kinder?«

Louise betrachtete einen Moment lang den gigantischen Schneemann, während ihr Atem als kleine weiße Wolken davontrieb. »Das ist in erster Linie ein Problem der Infrastruktur. Früher gab es Dorfschulen, dann sind immer mehr Menschen in die Städte gezogen, daraufhin wurden die Dorfschulen geschlossen. Welche Familie mit Kind zieht schon aufs Land, wenn die nächste passende Schule vierzig Meilen oder mehr entfernt ist? Ganz zu schweigen von Familien mit zwei oder drei Kindern, die wegen ihres Altersunterschieds auf drei verschiedene Schultypen gehen.«

Nathalie nickte. »Das wäre sozusagen ein logistischer Albtraum.«

»Richtig.«

»Darum ziehen also nur Leute her, die entweder gar keine Kinder haben oder deren Kinder längst erwachsen sind«, folgerte Nathalie. »Das klingt einleuchtend.«

»Und daran wird sich wohl so bald nichts ändern,

wenn nicht jemand den ersten Schritt macht«, sagte Louise. »Jemand mit sehr viel Geduld und noch längerem finanziellen Atem. Die wenigen jungen Leute, die über die ganze Gegend verstreut bei ihren Eltern wohnen, müssen jetzt schon sehen, dass ihre eigenen Kinder auch hier in der Region versorgt wären, wenn sie in ein paar Jahren selbst Eltern sind. Sie müssen sehen, dass der Umzug in die Großstadt nicht der einzige Weg für sie sein muss.«

»Das wird nicht leicht werden«, meinte Nathalie, und die Köchin nickte zustimmend.

»Vielleicht kannst du ein oder zwei Praktikumsplätze anbieten«, gab Louise zu bedenken, nachdem sie beide eine Weile den Schneemann betrachtet hatten, der etwas seltsam Bedauernswertes an sich hatte.

»Du meinst … für werdende Hotelfachleute?«

Die ältere Frau nickte. »Zum Beispiel. Oder für Köche, Bürokaufleute. Du kannst hier etwas bewirken.«

Nathalie atmete tief durch und schwieg eine Zeit lang. Es war schon erstaunlich, wie schnell sie sich in dieser ganz neuen Welt eingelebt hatte. Jetzt zog sie tatsächlich schon in Erwägung, jungen Leuten den Weg ins Berufsleben zu ebnen. Gut ein Jahr war es her, da hatte sie die Statistikabteilung einer Werbeagentur geleitet. Ihre beiden Kolleginnen waren ihr zwar unterstellt gewesen, aber es hatte sich dennoch lediglich um Kolleginnen gehandelt, für deren Arbeit sie genauso wenig verantwortlich war wie für deren berufliche Zukunft. Nie wäre ihr damals in den Sinn gekommen, selbst die Chefin zu sein – erst recht nicht die von jungen Leuten, die sie womöglich sogar als Vorbild ansehen und ihr nacheifern würden. Diese Verantwortung … vor einem Jahr hatte sie die noch rundweg abgelehnt. Aber jetzt … jetzt klang es nach einer Herausforderung, der sie sich tatsächlich stellen wollte. »Der Gedanke ist nicht schlecht, Louise«, gab sie schließlich zu. »Der gefällt mir sogar richtig gut. Ich könnte tatsächlich etwas bewirken. Selbst wenn es nur zwei Stellen wären, würden wir den jungen Leuten eine Perspektive bieten können.« Sie musste grinsen. »Auf welche Ideen einen der Anblick eines überdimensionierten Schneemanns so bringen kann, ist schon erstaunlich.«

»Hier seid ihr!«, ertönte im nächsten Moment eine vertraute Männerstimme. Aus dem Eingang zum Pub kam der Constable nach draußen. Die Finger hatte er um eine Tasse mit dampfendem Kaffee gelegt, um sie zu wärmen. Sein Gesicht war von der Kälte gerötet, den Kopf hatte er eingezogen. Da der buschige dunkle Schnauzbart dadurch bis auf den Kragen seiner Jacke reichte und sein Kinn scheinbar verschwunden war, erinnerte der Constable unwillkürlich ein wenig an eine Mähnenrobbe. »Ich dachte schon, das Black Feather wäre völlig verwaist. Ein Glück, dass das Frühstücksbuffet immer so früh aufgebaut wird, dass es um die Zeit schon frischen Kaffee gibt.«

»Wir wollten nur dieses Kunstwerk bewundern, Ronald«, antwortete Louise und deutete mit einer Kopfbewegung auf den weißen Koloss.

»Was ist denn das?«, fragte Strutner daraufhin verwundert.

Nathalie zwinkerte Louise zu, die kurz nickte, dann sagte sie: »Bei uns nennen wir so was ›Schneemann‹.«

Der Constable stieß ein leises Stöhnen aus. »Das weiß ich auch. Das war eine rhetorische Frage.« Er zeigte auf den Schneemann. »Wessen Werk ist denn das?«

»Keine Ahnung«, sagte Louise. »Heute Morgen stand er einfach da.«

»Wer baut denn über Nacht anderen Leuten einen

Schneemann vor die Tür?«, rätselte der Polizist und sah sich den Parkplatz an. »Wann hast du gestern Abend den Pub geschlossen, Nathalie?«

»Das war … kurz nach elf. Wieso fragst du?«

Er trank schlürfend von seinem Kaffee, der eigentlich noch zu heiß war. »Weil das bedeutet, dass das da zwischen kurz nach elf und halb eins passiert sein muss. Um halb eins hat es für eine halbe Stunde sehr stark geschneit, aber der Schnee auf dem Platz ist unberührt. Hätte der Schneemannbauer nach dem Schneefall damit begonnen, könnte man das jetzt noch sehen.«

Louise nickte. »Stimmt. Doch sagt uns das irgendwas?«

Strutner zuckte mit den Schultern. »Nein, ich übe nur.«

»Du übst, Ronald? Für wen oder was?«

Er wirkte fast ein wenig verlegen. »Na, ich will versuchen, ob ich es nicht noch zu etwas mehr als nur zum Constable bringe. Es gibt da verschiedene Kurse, für die ich mich angemeldet habe. Einer davon heißt ›Richtig beobachten und schlussfolgern‹. Da gibt's dann Fotos oder Videos von Tatorten zu sehen, und die Teilnehmer müssen so viel wie möglich aus dem herauslesen, was ihnen gezeigt wird.« Mit einer Hand machte er eine vage Geste. »Wie gesagt, ich wollte nur mal üben.«

»Dann waren es bestimmt die drei Geschäftsleute, die als Letzte gegangen sind«, überlegte Louise. »Möglicherweise eine Art Dankeschön für das gute Essen.«

»Vielleicht sollten wir ein Foto von ihm machen und auf Facebook posten«, schlug Nathalie vor, die von dem Neuzugang auf ihrem Parkplatz langsam genug hatte. Der Schneemann stand da – fertig. Es war doch egal, wer ihn gebaut hatte, solange er niemandem etwas antat, was bei Schneemännern eher unwahrscheinlich war. »Mit etwas Glück meldet sich ja sein Erbauer bei uns.«

Sie wollte in den Pub zurückgehen, da hörte sie einen Motor aufheulen und drehte sich um. »Was ist denn …?« Sie verstummte, als sie den Wagen des Getränkelieferanten auf den verschneiten Parkplatz einbiegen sah. Wer den Transporter fuhr, konnte sie nicht erkennen, auf jeden Fall hatte derjenige Schwierigkeiten damit, das große Gefährt unter Kontrolle zu halten. Das Heck driftete nach rechts, die in die entgegengesetzte Richtung eingeschlagenen Vorderräder drehten durch, da der Fahrer zu viel Gas gab. Der Motor heulte auf, während die Reifen verzweifelt nach Halt suchten. Anstatt den Wagen ausrollen zu lassen, geriet der Fahrer nur noch mehr in Panik, riss das Lenkrad zur anderen Seite herum und gab wieder viel zu viel Gas.

»Gas wegnehmen!«, riefen die Frauen und der Constable gleichzeitig, da sich der Transporter seit dem letzten hektischen Lenkmanöver auf Kollisionskurs mit dem Pub befand. Der Fahrer schien jedoch zu glauben, mit noch mehr Gas und noch wilderen Lenkbewegungen die Gesetze der Physik überlisten zu können.

»Komm mit!«, hörte sie Louise sagen, die sie am Oberarm packte und mit sich zog, um sie vor dem Transporter in Sicherheit zu bringen. Der Constable dirigierte beide Frauen an sich vorbei. Dabei sah er sich um, ob er irgendetwas tun konnte, um zu verhindern, dass der Wagen im Pub landete.

Nur wenige Meter trennten das Gefährt noch von einer Kollision, als die durchdrehenden Reifen plötzlich Halt fanden und den Wagen nach links lenkten. Die abrupte und heftige Seitwärtsbewegung riss den Transporter herum und brachte ihn dazu, sich um sich selbst zu drehen. Mit der hinteren rechten Ecke rammte er den riesigen Schneemann und rutschte dann noch ein Stück weiter, ehe die niedrige Ziegelsteinmauer an dieser Seite des Parkplatzes der Rutschpartie ein Ende setzte. Der Wagen kam zum Stehen.

»Oh Gott, das ging ja noch mal haarscharf an einer Katastrophe vorbei«, murmelte Nathalie, als sie mit Louise und dem Constable zusammen den Platz überquerte, um nach dem Fahrer zu sehen, der soeben aus dem Transporter ausstieg. Aus dem Augenwinkel bemerkte sie, wie der große Schneemann weiter auseinanderbrach.

»Alles in Ordnung?«, rief Strutner dem Fahrer zu, der sich an den Kopf fasste.

Nathalie kannte den Mann vom Sehen. Manchmal brachte der Getränkelieferant einen Helfer mit, um schneller die Bestellungen abladen zu können. Wie der junge Angestellte hieß, wusste sie nicht.

»Da … d-da …«, stammelte der Fahrer und zeigte auf die drei, die sich ihm näherten. »Da … d-da …«

»Wir sollten einen Krankenwagen rufen«, meinte Louise. »Er scheint uns gar nicht zu erkennen.«

Sie waren nur noch ein paar Meter von ihm entfernt, doch er tat noch immer nichts anderes, als auf sie zu zeigen und »… da … da …« zu rufen.

Plötzlich fiel Nathalie auf, dass er gar nicht auf sie wies, sondern auf etwas, was sich hinter ihnen befinden musste. Sie schaute über die Schulter und wollte ihren Augen nicht trauen. Oh mein Gott! »Das … das solltet ihr euch besser mal ansehen«, rief sie. Nathalie hörte selbst, dass ihre Stimme ungewohnt zittrig klang.

»Was ist de…«, begann Louise. Da sie mitten im Satz abbrach, wusste Nathalie, dass sie das Gleiche sah wie sie selbst. Ganz sicher hatte sich auch der Constable umgedreht, da er nicht länger mit dem Unglücksfahrer redete, sondern plötzlich verstummt war.

Nathalie wusste, sie alle sahen in diesem Moment das Gleiche: einen offenbar toten Mann, der mit einem Seil an ihre Hinweistafel gefesselt worden war und jetzt Stück für Stück zum Vorschein kam, da immer mehr

Schnee ins Rutschen geriet. Von dem Schneemann war nicht mehr viel übrig, er hatte die Kollision mit dem Transporter nicht überlebt. So wie der Mann nicht überlebt hatte, der tief in seinem Inneren gesteckt hatte.

Zweites Kapitel, in dem erste Erkenntnisse gewonnen werden und ein nicht ganz so alter Bekannter wieder auftaucht

»Ist ... ist er tot?«, fragte der Fahrer entsetzt. »War ich das etwa?«

»Ganz ruhig, Nick«, antwortete der Constable beschwichtigend und hielt den jungen Mann zurück, damit er nicht durch den Schneeberg stapfte und mögliche Spuren zerstörte. »Wir wissen so wenig wie Sie, was hier los ist. Setzen Sie sich wieder in den ... Nein, warten Sie, setzen Sie sich in den Pub! Da ist es wärmer.«

»Kommen Sie, ich begleite Sie.« Louise zog den Mann hinter sich her zum Eingang.

»Ich ... ich finde den Weg schon«, protestierte er mit schwacher Stimme und sah über die Schulter zu dem Toten. »War ich das etwa?«

»Ich glaube kaum«, erwiderte die Köchin. »Ich bringe Sie auch nur rein, um meinen Leuten zu sagen, dass ja niemand auf die Idee kommen soll, Ihnen zum Aufwärmen irgendwas Alkoholisches hinzustellen. Falls der Constable noch Ihren Blutalkohol feststellen will, würden Sie sich damit keinen Gefallen tun.«

Als sie ein paar Minuten später wieder nach draußen kam, war der Constable damit beschäftigt, den Toten mitsamt Schneeberg zu fotografieren. Nathalie sah ihm zu. »Du hast Glück, Ronald«, rief Louise ihm zu. »Ich habe vorhin noch ein Foto von dem intakten Kunstwerk geschossen.«

»Das ist gut. Schick es mir bitte rüber, dann kann ich das zu den Akten nehmen.« Er ging um den Toten herum und machte eine Großaufnahme von dem Leichnam.

»Und? Gibt es schon irgendwelche Erkenntnisse?«, erkundigte Louise sich.

»Im Augenblick nur, dass jemand diesen Mann übel zugerichtet hat«, sagte Nathalie. »Als hätte man ihn mit dem Gesicht auf dem Boden hinter sich hergezogen.«

»Solange ich nicht nachgesehen habe, ob er Papiere bei sich trägt, kann ich auch nichts dazu sagen, wer unser Toter ist«, ergänzte der Constable mit grimmiger Miene und betrachtete die Fotos auf seinem Smartphone, um Gewissheit zu haben, dass er alles Notwendige im Bild festgehalten hatte. »In dieser Verfassung würde ich ja nicht mal meinen Nachbarn wiedererkennen.«

Nathalie sah sich auf dem verwaisten und verschneiten Parkplatz um, als läge dort irgendwo die Antwort auf die Frage, die ihr durch den Kopf ging. »Aber wer kommt auf die Idee, die Leiche dieses Mannes hier festzubinden und dann als Schneemann zu tarnen? Früher oder später wäre der Schnee sowieso weggeschmolzen, und man hätte den Toten entdeckt.«

»Vielleicht dachte derjenige ja, dass wir eine Kältewelle bekommen und der Schneemann noch einen Monat lang hier stehen bleibt«, sagte Strutner, der sich jetzt an den Resten des Schneemanns zu schaffen machte. »Ich brauche eine Schaufel, sonst komme ich hier nicht voran.«

»Steht gleich da um die Ecke«, antwortete Nathalie und zeigte zum Pub. Der Constable ging in die angezeigte Richtung davon. »Trotzdem ist das eine dumme Aktion«, spann Nathalie ihre Überlegungen weiter. »Auch wenn der Schnee erst in zwei Monaten wegtaut – der Tote wäre früher oder später entdeckt worden. Die Chancen, unentdeckt zu bleiben, wären ja noch größer gewesen, wenn der Täter sein Opfer irgendwo in der Pampa in den Straßengraben geworfen hätte.«

»Das einzig Schlaue bei dem Ganzen ist, dass es ohne diesen Unfall gerade eben jeden Tag noch ein bisschen schwieriger geworden wäre, den Todeszeitpunkt zu bestimmen«, hielt Louise dagegen. »Wenn der Täter nur für einen kurzen Zeitraum kein Alibi hat und die Polizei nicht mehr mit Sicherheit sagen kann, dass sich der Mord zum Beispiel gestern zwischen acht und neun Uhr abends ereignet haben muss, ist der Mörder womöglich fein raus.«

»Wenn schon, dann zwischen elf Uhr gestern Abend und halb eins heute Morgen«, korrigierte Nathalie sie. »Du hast doch eben gehört, was Ronald gesagt hat.« Sie deutete auf den Constable, der mit der Schaufel zu ihnen zurückkam. »Er hat mit seiner Beobachtungsübung zufällig genau den Zeitraum festgelegt, in dem das hier passiert sein muss. Um elf war der Pub zu, um halb eins fing es wieder stark zu schneien an, bis ein Uhr. Und als der junge Mann mit dem Transporter aufgetaucht ist, waren auf dem Parkplatz keine Fuß- oder Reifenspuren mehr zu entdecken, die genau an dieser Stelle hier enden.«

»Ich bin eben gut«, meinte Strutner und grinste die beiden Frauen an, dann wurde er gleich wieder ernst. »Wir müssen das hier ganz behutsam angehen. Ich wollte die Spurensicherung anfordern, aber die beiden Damen, die heute Dienst haben, waren schon ganz früh auf dem Weg zu einem anderen Tatort, als ihnen ein Bus in den Wagen gefahren ist. Ob die heute überhaupt noch hier auftauchen werden, weiß kein Mensch.« Mit der Schaufel trug er den Schnee nach und nach ab, während Nathalie und Louise dabeistanden und aufpassten, ob sich im Schnee irgendetwas finden ließ, was womöglich als Beweis verwendbar war.

Pete Selway, einer von Nathalies Kellnern, kam, in eine Winterjacke gehüllt und mit Wollhandschuhen und Wollmütze ausgerüstet, um die Ecke, um seinen Dienst im Pub zu beginnen. »Guten Morgen, zusammen«, rief er fröhlich, stutzte dann aber und machte eine entsetzte Miene, als er den Toten entdeckte. Vorsichtig kam er näher. »Was ist denn hier passiert? Wer … ist das?« Er deutete auf den Toten.

»Wissen wir auch noch nicht«, gab Louise zurück.

»Kann ich irgendwie behilflich sein?«, wollte Pete wissen, ganz blass um die Nase.

Nathalie schüttelte den Kopf, hielt dann aber inne und hob eine Hand hoch. »Doch, das können Sie, Pete. Nehmen Sie sich bitte die Aufnahmen der Überwachungskamera von heute Nacht vor, genauer gesagt, den Zeitraum zwischen gestern Abend elf Uhr und heute Morgen halb eins. Sehen Sie sich das schon mal im Schnelldurchlauf an, ob da irgendwann jemand auftaucht, der hier vergangene Nacht einen riesigen Schneemann hingesetzt hat.«

»Einen riesigen Schneemann?«

»Das hier sind die Überreste«, erklärte der Constable und deutete auf den wenigen Schnee, der dem toten Mann noch bis zur Hälfte der Unterschenkel reichte.

»Ah, verstehe.« Pete nickte. »Aber … die Kamera erfasst doch nur den Eingang zum Pub.«

»Ich weiß«, bestätigte Nathalie. »Trotzdem kann es sein, dass jemand aufgenommen wurde, weil er von woanders Schnee geholt hat.«

»Okay«, sagte der Kellner und eilte davon, so gut das auf dem verschneiten Boden möglich war. »Ich kümmere mich sofort darum.«

Kurz nachdem er gegangen war, hatte der Constable es endlich geschafft und den Toten auch noch vom restlichen Schnee befreit. Ronald zog die gefütterten Handschuhe aus und streifte Einweghandschuhe über; je ein Paar gab er Nathalie und Louise. »Dann wollen wir mal«, murmelte er und betrachtete den festgezurrten Leichnam. »Das sieht nach einem Abschleppseil aus, mit dem man ihn an das Schild gefesselt hat. Eins von diesen ausziehbaren Seilen.«

»Es müssen aber mindestens zwei Leute gewesen sein, die das gemacht haben«, überlegte Nathalie. »Einer, der das Opfer in Position gehalten hat, ein zweiter, der es festgebunden hat.«

»Es waren vier«, meldete sich eine Frau zu Wort, die soeben das Black Feather verließ.

Zimmer vier, ging es Nathalie prompt durch den Kopf. Die Mittvierzigerin war ihr sofort aufgefallen, als sie vorgestern ein Einzelzimmer für drei Übernachtungen gebucht hatte. An dem Tag hatte sie einen leuchtend roten gefütterten Overall mit Pelzkragen und hochhackige Schuhe getragen, bei deren Anblick sich Nathalie unwillkürlich gefragt hatte, wie jemand bei Schnee und Eis auf so etwas auch nur zwei Schritte machen konnte, ohne sich der Länge nach hinzulegen. Seitdem war sie ihr in mindestens sechs anderen Outfits begegnet, die allesamt so extravagant aussahen, als hätte die Frau eigentlich nach St. Moritz gewollt, den Weg dorthin aber nicht gefunden.

Verlegen hielt sich die Frau eine Hand vor den Mund. »Oh, verzeihen Sie! Ich wollte Sie nicht belauschen«, erklärte sie, auch wenn es sich ganz nach dem Gegenteil anhörte. »Ich kam nur gerade hier raus und hörte Sie sagen: ›Es müssen zwei gewesen sein.‹ Da ist mir das reflexartig rausgerutscht.«

»Sie haben das hier beobachtet?«, fragte Louise, die ihre Empörung kaum verbergen konnte, da sie davon ausgehen musste, dass diese Frau die Täter gesehen, aber rein gar nichts unternommen hatte. »Dieser Mann könnte vielleicht noch leben, wenn Sie …«

»Dieser Mann? Sie meinen doch den Schneemann, nicht wahr?«, fiel die Frau ihr ins Wort und kam näher. »Wo ist der Schneemann hin? Und … oh mein Gott, wer ist denn das?« Erschrocken zeigte sie auf den Gefesselten: »Ist er etwa tot? Richtig … tot?«

»Ziemlich richtig«, gab Nathalie zurück, die sich diese Antwort einfach nicht verkneifen konnte.

»Da…davon habe ich nichts gewusst«, beteuerte die Frau im Flüsterton. »Wann ist das …?«

»Miss«, wurde sie von Constable Strutner unterbrochen. »Würden Sie mir bitte sagen, was genau Sie gesehen haben?«

Die Frau setzte ihre ausladende Sonnenbrille auf, da sie die ganze Zeit über hatte blinzeln müssen. Ihre Hände zitterten. »Ich habe nur beobachtet, wie diese vier Leute einen großen Schneemann gebaut haben. Von meinem Fenster aus konnte ich sehen, wie sie den Kopf aufsetzten, sich dann zunickten und gleich darauf in Richtung Straße wegliefen. Danach habe ich Türenschlagen gehört, dann heulte ein Motor auf, und ein Wagen fuhr weg.«

»Haben Sie die Leute erkennen können?«, fragte Louise.

Ein kurzes Kopfschütteln kam als Reaktion auf die Frage. »Dafür war es zu dunkel. Ich kann Ihnen sagen, dass es vier Personen waren, und ich würde meinen, dass es zwei Männer und zwei Frauen waren. Jedenfalls hatte ich diesen Eindruck. Anhand der Stimmen könnte ich das auch nicht sagen, weil sie zu leise geredet haben. Gesichter konnte ich keine sehen. Die hielten zwar alle ihre Smartphones vor sich, aber nur um mit der Taschenlampe den Schneemann anzustrahlen. Ich dachte, das soll für irgendwen eine nette Überraschung sein, wenn er am Morgen aus dem Haus kommt. Dass da … dass da ein Toter drinsteckt, wusste ich nicht, sonst hätte ich sofort Alarm geschlagen.«

»Kommen Sie, Miss.« Nathalie begleitete sie zur Tür zurück. »Sie haben uns vermutlich mehr geholfen, als Sie ahnen. Können Sie mir noch sagen, wann Sie diese Gruppe hier unten beobachtet haben?«

»Oh, das war …«, begann die Frau und fing erst dann an zu überlegen. »Das muss kurz vor halb eins gewesen sein. Sie liefen ja ein paar Minuten später weg, und dann fing es sehr stark an zu schneien. Ich habe mir noch einen Moment lang den Schneemann angesehen und mich dann wieder hingelegt. Da war es null Uhr fünfunddreißig, das weiß ich genau.«

Nathalie nickte verstehend. »Der Constable wird sich später sicher noch mal bei Ihnen melden, um Ihre Aussage aufzunehmen. Sie bleiben doch noch bis morgen, richtig?«

Die Frau schien sich wieder gefasst zu haben. Sie legte beruhigend ihre Hand auf Nathalies Unterarm. »Keine Sorge, meine Liebe, notfalls bleibe ich auch noch einen Tag länger, wenn ich damit Ihrem Constable behilflich sein kann.« Dabei lächelte sie fast ein wenig versonnen.

»Okay«, erwiderte Nathalie etwas unschlüssig, weil sie nicht wusste, was sie von dieser Antwort in Verbindung mit diesem Gesichtsausdruck halten sollte. »Ich werde es ihm ausrichten, Miss … Es tut mir leid, ich weiß zwar, dass Sie Zimmer vier haben, doch an Ihren Namen kann mich auf Anhieb leider nicht erinnern.«

»Warren«, sagte sie daraufhin. »Stephanie Warren oder auch einfach Steph.« Mit einem Lächeln in Richtung Ronald Strutner kehrte sie in den Pub zurück, die Tür fiel hinter ihr zu.

»Miss Warren lässt ausrichten, dass sie dir heute den ganzen Tag zur Verfügung steht«, sagte Nathalie zu Strutner, als sie sich wieder zu ihm und Louise gestellt hatte. »Und du darfst sie auch Steph nennen.« Als sie den fragenden Blick der Köchin bemerkte, lächelte sie sie an und zuckte amüsiert mit den Schultern.

»Ah, das ist gut«, erwiderte der Constable reflexartig, da seine ganze Aufmerksamkeit dem Toten galt. Plötzlich drehte er sich zu Nathalie um. »*Was* hast du gerade gesagt?«

»Dass Miss Warren sich gern jederzeit von dir verhören lassen will«, gab Louise zurück und musste lachen.

»Was ist daran so komisch?«, wunderte sich Strutner.

»Eigentlich gar nichts, Ronald, ausgenommen die Tatsache, dass du nicht merkst, dass diese Miss Warren es auf dich abgesehen hat.«

»Warum sollte sie es auf mich abgesehen haben?«

»*Das* frage ich mich inzwischen auch«, gab Louise bissig zurück. »Denk einfach dran, wenn du dir von ihr die Zeugenaussage holst.«

Kopfschüttelnd wandte er sich wieder dem Toten zu, der nach wie vor mit dem Abschleppseil an das Hinweisschild gefesselt war. »Die haben den armen Kerl ja übel zugerichtet«, stellte er leise fest. »Seht euch das an!

Die Kleidung hängt ihm überall in Fetzen vom Leib, und an jeder Stelle seines Körpers hat er Schürfwunden. Man könnte fast meinen, sie haben ihn mit dem Seil an ihren Wagen gebunden und sind dann losgefahren. Dann haben sie ihn mitgeschleift, bis er tot war.«

Alles war mit Schmutz und getrocknetem Blut besudelt, sodass man kaum noch erkennen konnte, welche Farbe die Kleidung ursprünglich gehabt hatte. Überall klafften Löcher im Stoff, auch dort, wo sich Taschen befunden hatten. Selbst von der Innentasche der Jacke war nichts Nennenswertes mehr geblieben. Deshalb konnten sie nicht darauf hoffen, seine Brieftasche vorzufinden und damit die Identität des Toten zu erfahren.

»Machen wir ihn los, oder warten wir noch auf irgendetwas?«, fragte Louise.

»Auf den Bestatter«, antwortete Strutner. »Er ist bereits informiert und auf dem Weg hierher. Er bringt ihn in die Rechtsmedizin, und heute Nachmittag fahre ich rüber, um mir erzählen zu lassen, was unser Doc herausgefunden hat.« Er sah die beiden Frauen an. »Bis dahin führt alles Spekulieren über die Hintergründe zu gar nichts. Solange wir nicht wissen, wer er überhaupt ist, haben wir keinen Ansatz, um nach den Tätern zu suchen.«

»Vor allem bringt uns die Aussage von Miss Warren im Moment auch nicht weiter«, ergänzte Nathalie, während sie den schlimm zugerichteten Toten betrachtete. »Vier Leute, vermutlich zwei Männer und zwei Frauen, die den Schneemann bauen und dann weglaufen, in irgendeinen Wagen einsteigen und abfahren. Keine Marke, kein Kennzeichen, keine Beschreibung der Personen. Wir wissen nur, dass sie um kurz vor halb eins fertig waren, unmittelbar bevor es anfing zu schneien.«

Louise seufzte betrübt. »Damit sind also alle Spuren verwischt worden, die sie vielleicht in der alten Schneeschicht hinterlassen hatten.«

»Nicht alle«, wandte Nathalie ein. »Dieses Abschleppseil könnte weiterhelfen. Guckt mal, das da sieht aus wie ein verschnörkeltes E. Vielleicht bringt uns das ja auf die Marke und das Modell.«

Der Constable legte den Kopf ein wenig schräg und betrachtete das Symbol. »Ja, sieht aus wie ein E«, stimmte er ihr zu. »Wenn wir Glück haben, ist das eine ganz exklusive Marke, und wir finden die Täter schneller, als die es für möglich halten.«

»Es sei denn, sie sind schlau genug gewesen, mit dem Seil eine falsche Fährte zu legen«, gab Louise zu bedenken.

Ein Wagen bog auf den Parkplatz vor dem Pub ein, ein dunkelgrauer Jaguar aus den Achtzigerjahren, der zum Leichenwagen umgebaut worden war. Das Ergebnis war längst nicht so elegant und dem Wagen angemessen, wie man sich das wohl ursprünglich vorgestellt hatte.

»Ah, da kommt Espenson«, murmelte Strutner. »Er hat seinen Helfer mitgebracht, sehr gut. Dann helfe ich den beiden noch, den Toten von dem Abschleppseil zu befreien.« Er sah zu Nathalie und Louise. »Ihr könnt gern schon reingehen. Ich komme in ein paar Minuten nach.«

Auf dem Weg zum Eingang nickte Nathalie Espenson und dessen Helfer zu und rieb sich die Hände, die inzwischen eiskalt waren. Drinnen wartete bereits ihr Kellner Pete auf die beiden und schüttelte den Kopf, als sich ihre Blicke trafen. »Nichts?«

»Leider. Um kurz nach elf verlassen die letzten Gäste den Pub, dann wird alles dunkel, und es läuft absolut niemand mehr durchs Bild«, bestätigte er.

»Hm, und auch sonst nichts Auffälliges?«, hakte Louise nach, die ihre Jacke auszog und um die Theke herumging.

»Nein«, sagte der Kellner schulterzuckend. »Einmal wird die Fassade von den Scheinwerfern irgendeines Wagens erfasst, aber ein paar Sekunden später schwenken die weg, und das Auto fährt weiter. Ich würde sagen, da hat jemand an der Einfahrt zum Parkplatz festgestellt, dass wir bereits geschlossen haben, und dann ist er wieder abgefahren.«

»Wann war das?«

»Ein paar Minuten nach Mitternacht.«

Nathalie und Louise sahen sich an. »Das würde passen«, sagte sie zu der älteren Frau. »Wenn sie gesehen haben, dass der Pub zu ist und niemand sich auf dem Parkplatz aufhält, dann haben sie außer Sichtweite geparkt, weshalb Miss Warren den Wagen nicht sehen konnte. Und dann sind die vier von dahinten mit ihrem Opfer hergekommen, um den Mann an unsere Hinweistafel zu fesseln und ihn unter dem Schneemann zu verstecken.« Sie sah zu Pete. »Danke, dass Sie sich die Aufnahme angesehen haben.«

Sie betraten den Korridor, der zwischen Pub und Café verlief und durch den man unter anderem in die Küche und in Nathalies Büro gelangte. Ganz am Ende des Gangs befand sich Nathalies neu eingerichtete Wohnung.

»Wo ich gerade deinen Computer sehe«, sagte Louise, als sie das Büro betraten, und zeigte auf den Schreibtisch, »fällt mir was ein. Was macht eigentlich die Website, die du für das Black Feather einrichten wolltest?«

»Gut, dass du fragst, Louise«, antwortete sie. »Ich hätte gern von euch allen eine ehrliche Meinung, wie die Seite ankommt. Fertig ist das Ganze ja noch nicht, aber jetzt kann ich noch ohne viel Arbeit Änderungen vornehmen.« Sie winkte ihre Köchin hinter sich her. »Komm, dann kannst du schon mal einen ersten Blick auf die Seite werfen.«

Das Büro wirkte noch immer so vollgepackt wie zu der Zeit, als Nathalie das Erbe ihrer Tante Henrietta angetreten hatte, doch das Chaos hatte ein System. Sie arbeitete die Buchhaltung und die Jahresabschlüsse der letzten Jahre auf, die einige gravierende Fehler aufwiesen, die das Black Feather Geld kosteten, da in vielen Fällen falsche Grundlagen für die Berechnung von Steuern und Gebühren vorgelegen hatten. Bei dieser Arbeit war Eile geboten, weil für die weiter zurückliegenden Jahre bald Fristen abliefen, innerhalb derer Bescheide angefochten werden mussten.

Nathalie fuhr den Rechner hoch und ging ins Internet, rief die Website des Black Feather auf und stand auf, um für Louise Platz zu machen. »Ich erkläre erst mal gar nichts, klick dich einfach mal durch«, sagte sie. »Stell dir vor, du warst noch nie im Black Feather und siehst jetzt zum ersten Mal diese Seite.«

Louise nickte und setzte sich an den Schreibtisch. Konzentriert las sie die Texte durch, wechselte von dieser auf jene Seite und lehnte sich schließlich zurück. »Alles da, was da sein sollte«, urteilte sie.

»Aber?«, hakte Nathalie nach, da sie ein solches »Aber« aus dem Tonfall ihrer Köchin herauszuhören glaubte.

Die andere Frau schüttelte nachdenklich den Kopf, nach einer Weile sagte sie: »Ich weiß nicht, aber … irgendwas fehlt. Du stellst zwar alles vor, doch … hm, ich kann das nicht richtig erklären. Mir fehlt der Charme, den das Black Feather besitzt. Der kommt da nicht rüber, finde ich. Das ist zu sachlich.«

»Na ja, ich muss schließlich bei den Fakten bleiben. Ich kann nicht etwas erfinden, nur damit das Black Feather interessanter wird«, wandte Nathalie ein.

»Das sollst du auch gar nicht, aber das Ganze sollte mehr wie eine Geschichte rüberkommen. Weißt du, wie ich das meine?« Louise machte eine ausholende Geste. »Wenn man den Pub betritt, schlägt einem sofort der Charme von Jahrhunderten entgegen. Auf der Seite dagegen fehlt das ganz; das wirkt so kühl, als würde ich mir die Website einer gerade erst eröffneten Zahnklinik ansehen. Okay, nicht dass deine Seite dazu angetan ist, Leute in Angst und Schrecken zu versetzen, wie das bei der Zahnklinik der Fall wäre. Doch alles wirkt etwas distanziert. Wie gesagt, es müsste mehr eine Art Geschichte sein, in die man sofort hineingezogen wird.«

»Hm, ich verstehe zwar, was du meinst, aber ich bin nicht gut im Geschichtenerzählen«, gestand Nathalie ihr.

»Und genau da komme ich ins Spiel«, mischte sich in diesem Moment eine wohlklingende Männerstimme ein.

Unwillkürlich verdrehte Nathalie die Augen. Sie musste nicht über die Schulter schauen. Sie wusste auch so, dass Fred Estaire hinter ihr in der Tür stand. Der Mann, der zu einer Gruppe darbender Künstler gehörte, die sich in der Nähe von Earlsraven in einem leer stehenden Gebäude niedergelassen hatten, besaß die seltene Gabe, immer im falschen Moment aufzutauchen, um ihr irgendeine neue Idee zu präsentieren. Nathalie hatte ja Verständnis dafür, dass seine Kollegen und er nach Wegen suchten, mit ihrer Kunst ein wenig Geld zu verdienen, aber warum er stets dann auftauchen musste, wenn sie so wie jetzt mit anderen, dringenderen Dingen beschäftigt war, war ihr ein Rätsel.

»Und wie lange haben Sie unsere Unterhaltung belauscht, Mr Estaire?«, fragte sie, wobei sie ihm immer noch den Rücken zuwandte.

»Mitbekommen habe ich nur Ihre Worte: ›Ich bin nicht gut im Geschichtenerzählen‹«, antwortete er in einem Tonfall, der sie erkennen ließ, dass er dastand und grinste. »Ich weiß nicht, warum Sie das gesagt haben, Miss Ames, aber ich kann daraus schließen, dass irgendjemand von Ihnen erwartet, dass Sie eine Geschichte erzählen, und dass Ihnen das nicht liegt.« Er kam näher und ging um sie herum, dann stellte er sich vor den Schreibtisch und nickte Louise zu. »Und da komme ich ins Spiel. Oder besser gesagt: Da könnte ich ins Spiel kommen, falls Sie das möchten und falls es auch passt. Vielleicht verraten Sie mir ja, um was es geht.«

»Schaden kann es nicht«, warf Louise ein, bevor Nathalie den Mann höflich, aber bestimmt abwimmeln konnte. Das spitzbübische Lächeln ihrer Köchin ließ keinen Zweifel zu, dass die ihre Bemerkung mit voller Absicht gemacht hatte. »Du kannst immer noch sagen, dass es dir nicht gefällt … wenn es dir nicht gefällt.«

Nathalie seufzte leicht frustriert, nickte dann aber. »Also gut. Louise wird es Ihnen erklären, Mr Estaire. Sie kann das besser.« Nathalie war erleichtert, das hatte sie gut eingefädelt. Auf diese Weise musste sie Estaire nicht die ganze Zeit ansehen. Nicht, dass das eine Qual gewesen wäre, vielmehr war das Gegenteil der Fall, vor allem seit sich der Mann von seiner Jim-Morrison-Frisur verabschiedet hatte.

»Gern«, erwiderte die Köchin und zeigte dem Künstler die Website. Dabei wies sie auf alles hin, was ihrer Meinung nach noch fehlte oder geändert werden sollte.

Zehn Minuten später hatte Estaire bereits erste Notizen und Skizzen angefertigt. »Oh ja, ich weiß auch schon, was ich da machen werde.« Er nickte zufrieden. »Miss Ames, ich werde Ihnen in ein paar Tagen ein Konzept vorlegen, bei dem Sie gar nicht anders können, als es mit Kusshand zu nehmen.«

»Das werde ich entscheiden, wenn ich es gesehen habe, Mr Estaire. Über den Preis können wir reden, sobald der Entwurf fertig ist. Auf ein ›Wir werden uns schon einig werden‹ lasse ich mich aber nicht ein.«

»Ich bin genügsam. Mir reicht es, wenn Sie mir ein Drei-Gänge-Menü spendieren, idealerweise mit Ihnen zusammen, Miss Ames. Ich werde noch heute einen ersten Entwurf ausarbeiten, damit …«

»Nein.«

»Nein? Sie wissen doch noch gar nicht, was mir als Idee vorschwebt«, gab Estaire verdutzt zurück.

»Was? Ach, das meinte ich doch gar nicht«, beschwichtigte sie ihn und errötete leicht. »Es geht mir um etwas ganz anderes. Wenn Sie mir einen Entwurf liefern, der mir gefällt, und ich lasse Sie die Website überarbeiten, dann soll das eine ganz offizielle Angelegenheit sein. Dann bekommen Sie ein richtiges Honorar von mir gezahlt, und ich bekomme von Ihnen eine reguläre Rechnung. Ich will nicht, dass Sie das als kleine Gefälligkeit machen, sondern als einen richtigen Auftrag ansehen. Sie sollen bei anderen Kunden sagen können, dass das Ihre Arbeit ist und dass Sie den Auftrag bekommen haben, weil Sie gut sind. Aber nicht, weil Sie hungrig waren und ich Ihre Lage ausgenutzt habe.«

»Und wenn ich mich nicht ausgenutzt fühlen würde?«, fragte er. »Wenn es mir genügt, Ihnen einen Gefallen zu tun, Miss Ames?« Er sah ihr fest in die Augen.

Nathalies Herz klopfte ein kleines bisschen schneller, aber so leicht würde sie es ihm nicht machen, mit ihr zu flirten. »Wenn Ihnen das genügt, Mr Estaire«, antwortete sie und sah ihn ernst an, »dann haben Sie keinen Ehrgeiz, und ohne Ehrgeiz kommt ein Künstler nicht weit. Ehrlich gesagt bin ich mir nicht mal sicher, ob jemand ein Künstler sein kann, wenn er keinen Ehrgeiz besitzt.

Zeigen Sie Ihre Kunst, und leben Sie von dem, was Ihre Kunst Ihnen einbringt. Doch leben Sie nicht von dem, was man Ihnen nur aus Mitleid gibt – oder um Ruhe vor Ihnen zu haben. Beherzigen Sie den Rat, dann habe ich immer ein offenes Ohr für Sie.«

Estaire zog eine Augenbraue hoch. »Sie haben kein Problem damit, mir die Meinung zu sagen, nicht wahr, Miss Ames?«

»Nein, habe ich nicht«, bestätigte sie.

»Und wenn ich den Auftrag nur annehme, wenn ich im Gegenzug mit Ihnen zu Abend essen darf?«

Sie schüttelte den Kopf. »Da würde ich nicht mitmachen, weil ich mir dann schäbig vorkäme. Ich will nicht mit jemandem essen gehen, nur damit der kostenlos für mich arbeitet. *Sollte* ich mit Ihnen essen gehen, dann würde das passieren, weil ich es will, aber nicht, um mich für irgendeine Leistung zu revanchieren.«

Estaire legte den Kopf in den Nacken und starrte an die Decke. »Das heißt, der Auftrag und das Honorar sind eine komplett separate Angelegenheit, und wenn Sie mit mir essen gehen …«

»Falls«, korrigierte sie ihn.

»Falls«, wiederholte er und hob besänftigend die Hände. »Falls Sie mit mir essen gehen, dann tun Sie das, weil Sie es wollen. Habe ich das richtig verstanden?«

Nathalie sah amüsiert zu Louise, die auf ihrem Logenplatz dem Hin und Her interessiert gefolgt war. »Er hat's verstanden.«

»Ist mir auch aufgefallen«, gab die Köchin zurück und zwinkerte dem Künstler zu. »Weiter so, Mr Estaire.«

Der Mann verabschiedete sich sichtlich zufrieden von den beiden Frauen und verließ das Büro.

Nachdem er gegangen war, sagte Nathalie mehr zu sich selbst: »Ich sollte mir wirklich angewöhnen, diese Tür hinter mir zuzumachen.«

Louise stand von ihrem Platz am Schreibtisch auf, damit Nathalie sich hinsetzen konnte. »Wer weiß! Vielleicht ist Estaire ja wirklich so gut, wie er behauptet, und es kommt etwas Großartiges dabei heraus.«

Genau das war es aber, wovor Nathalie sich insgeheim fürchtete.

Drittes Kapitel, in dem ein Quoten-Inder interessante Fakten über den Toten und die Umstände seines Todes enthüllt

»Habt ihr Zeit?«, fragte Strutner, als er am nächsten Tag gegen zwei Uhr am Nachmittag das Black Feather betrat und Nathalie und Louise an der Theke sitzen sah. Drei verschiedene Bierflaschen standen vor ihnen, Louise schenkte eben aus einer der Flaschen für jeden von ihnen ein kleines Glas ein.

»Hast du was Besseres zu bieten als unsere Bierprobe?«, gab Louise zurück und prostete ihm zu, dann stieß sie mit Nathalie an und trank einen Schluck.

»Wow!«, sagten beide gleichzeitig, nachdem sie geschluckt hatten.

»Bierprobe? Was denn für eine Bierprobe?«, wollte der Constable wissen und betrachtete verständnislos die drei Flaschen mit den seltsamen Etiketten.

»Trappistenbier. Bier, das in belgischen Abteien gebraut wird«, antwortete Louise. »Du erinnerst dich doch an unseren werten Monsieur Peroux, den belgischen Meisterdetektiv?«

Strutner nickte. »Allerdings«, stöhnte er, frustriert darüber, dass er sich von dem Mann so hatte täuschen lassen.

»Durch ihn bin ich an diese Trappistenbiere erinnert worden«, führte sie aus. »Ein Bekannter von mir war letzte Woche beruflich in Luxemburg, und ich habe ihn gebeten, auf dem Rückweg einen Abstecher zu einem belgischen Getränkehändler zu machen und von ein paar Sorten einige Flaschen zum Probieren mitzubringen. Heute Morgen hat er zwei Kästen mit zwanzig oder fünfundzwanzig verschiedenen Sorten hier abgeliefert, und wir wollen uns jetzt langsam durcharbeiten.«

»Langsam durcharbeiten?«, wiederholte er und zwinkerte den beiden zu. »Ich darf wohl annehmen, dass das die letzten drei Flaschen sind, richtig?«

»Ha, ha, dann würden wir dich vermutlich nicht mehr wiedererkennen«, hielt die Köchin grinsend dagegen. »Nein, nein, das sind wirklich die ersten drei.«

»Ich würde dir gern ein Glas anbieten, aber du bist im Dienst«, warf Nathalie ein. »Das Zeug ist einfach zu stark. Wenn wir das hier anbieten, müssen wir wohl überall Warnhinweise aufhängen.«

»Wenn du das wirklich ins Angebot aufnimmst, spendiere ich dir einen Karton Alko-Schnelltester«, sagte der Constable. »Dann können deine Gäste nach dem zweiten Glas testen, wie hoch ihr Alkoholpegel ist, *bevor* sie zu ihrem Wagen gehen und in die nächste Kontrolle geraten.«

»Hey, das ist eine gute Idee«, fand sie und trank noch einen kleinen Schluck.

»Was ist jetzt?«, hakte Louise nach. »Hast du was Besseres zu bieten als die Herren Hertog Culliford, Duc Wasterlain und Hertog Demesmaeker?«, fragte sie und las dabei von den Etiketten der drei Bierflaschen ab.

»Eine SMS aus der Gerichtsmedizin«, sagte er und hielt sein Smartphone in die Höhe. »Es gibt erste Erkenntnisse zu unserem Toten im Schneemann.«

Nathalie war sofort bei der Sache. »Oh, irgendwas, das uns weiterhilft?«

»Kann ich noch nicht sagen.«

»Hat Smitty nicht wie üblich alles ausgeplaudert?«, fragte Louise und trank ihr Glas aus. »Der kann es doch sonst auch nicht erwarten, alles ausführlich am Telefon zu erzählen.«

»Smitty scheint nicht da zu sein, doch ich habe keine Ahnung, wer heute stattdessen Dienst hat«, musste Strutner zugeben. »Also? Habt ihr Zeit?«

»Für Opfer von rätselhaften Morden haben wir immer Zeit, vor allem wenn sie in einem Schneemann auf dem Gelände des Black Feather tiefgekühlt worden sind«, erklärte Nathalie und stieg von ihrem Hocker. »Außerdem genügen mir die drei Kostproben für heute. Sonst schmecke ich sowieso keinen Unterschied mehr.«

Ihre Köchin nickte. »Stimmt. Ich sage nur schnell meinen Leuten Bescheid, damit sie wissen, dass sie die nächsten zwei Stunden ohne mich auskommen müssen.« Sie steckte den Zettel ein, auf dem sie notiert hatte, wie ihr die einzelnen Biersorten schmeckten und wie sie bei Nathalie angekommen waren.

»Sie werden bestimmt zu Tode betrübt sein«, rief Nathalie ihr lachend hinterher und drehte sich zum Constable um. »Ich hole noch meine Jacke, dann können wir los.« Sie kramte in ihrer Hosentasche und zog den Wagenschlüssel hervor. »Hier, Ronald, du kannst fahren.«

»Wir nehmen deinen Wagen?«, fragte er erstaunt. »Und du vertraust ihn mir an?«

»Wer weiß, wohin wir von der Gerichtsmedizin aus noch fahren müssen!«, erklärte sie. »Wenn schon einer von uns einen Wagen mit Allradantrieb hat, sollte der bei dem Wetter auch zum Einsatz kommen. Und auch wenn ich nicht mal eineinhalb Flaschen von diesem Bier getrunken habe, kann ich dir nicht sagen, ob ich nicht einen leichten Schwips habe. Du bist wenigstens definitiv nüchtern.«

Strutner nickte zustimmend. »Danke, das ehrt mich.«

Als sie etwas mehr als eine halbe Stunde später die Gerichtsmedizin erreichten, war Strutner tatsächlich froh, dass sie Nathalies SUV genommen hatten. Auch in der vergangenen Nacht hatte es wieder geschneit, und hier, weit entfernt von den Großstädten, konnte man von Räumfahrzeugen, wie sie andernorts zügig Autobahnen und Schnellstraßen vom Schnee befreiten, nur träumen.

Sie klingelten und wurden ins Gebäude eingelassen, dann folgten sie dem sogar für Nathalie mittlerweile vertrauten Weg durch die langen, kahlen Gänge mit Dutzenden von Türen zu beiden Seiten, bis sie den Obduktionsraum mit seinen Kühlfächern erreichten. Dort lagen die Toten, die von Smitty oder seinem Vertreter untersucht werden mussten, um die Todesursache festzustellen. In diesem Fall war es Smittys Vertreter, ein schmaler, gut eins achtzig großer Mann mit dunklerem Teint, einer pechschwarzen wallenden Lockenmähne, die Nathalie unwillkürlich an eine junge Ausgabe des Queen-Bassisten Brian May erinnerte, und einem äußerst kuriosen Spitzbart, den der Mann einem der drei Musketiere abgeguckt zu haben schien. Unter dem weißen Kittel lugte ein schwarzes T-Shirt mit dem Aufdruck *Soft Cell* in verblasstem Neonpink hervor. Wie alt der Mann sein mochte, konnte Nathalie beim besten Willen nicht einschätzen.

»Sie müssen Constable Strutner sein«, sagte der Gerichtsmediziner und nickte ihm zu. Er hob die Hände hoch, um zu zeigen, dass er Einweghandschuhe trug und deshalb keinen von ihnen mit Handschlag begrüßen konnte.

»Richtig, und das sind meine Assistentinnen Louise Cartham und Nathalie Ames«, erwiderte Ronald. »Und Sie sind … definitiv nicht Smitty.«

Der hochgewachsene Mann lächelte und nickte kurz. »Da haben Sie recht. Ich bin Dr. Jean-Louis Talradja. Der Quoten-Inder.«

Nathalie stutzte. »Der Quoten…was?«

»Quoten-Inder«, wiederholte Talradja und fuhr ernst fort: »Sie kennen doch sicher dieses neue Gesetz, das von ländlichen Gemeinden verlangt, die gleiche ethnische Verteilung zu schaffen, wie sie in den Städten vorzufinden ist. Sonst würden Dörfer eine Lebenssituation abbilden, die allen statistischen Gegebenheiten widerspricht, und damit wäre der Tatbestand der Diskriminierung erfüllt.«

Als Talradja geendet hatte, stand Constable Strutner da und sah den Mann irritiert an. Nathalie konnte ihm anmerken, dass er fieberhaft überlegte, ob er wohl irgendetwas nicht mitbekommen hatte, weil er bei den Nachrichten eingeschlafen war. Ihr Blick wanderte zu dem Gerichtsmediziner, der nicht nur völlig ernst, sondern sogar ein wenig besorgt dreinschaute, als fürchtete er, Strutner durch diese Enthüllung in eine peinliche Situation gebracht zu haben. Das spitzbübische Funkeln in Talradjas Augen fiel offenbar nur ihr und Louise auf, die ihr zuzwinkerte.

»Sie … wollen mich auf den Arm nehmen«, erwiderte Strutner so zögerlich, als hoffte er inständig, dass es so war und er nicht zugeben musste, von einem solchen Gesetz noch nie gehört zu haben.

»Wäre ich dann hier in diesem Dorf am Ende der Welt?«, konterte Talradja. »Das könnte ich auch in Indien haben, dafür müsste ich nicht in England leben.«

Strutner kratzte sich wieder und wieder am Kopf, weil er einfach nicht entscheiden konnte, was er von diesen Ausführungen halten sollte.

»Jetzt erlösen Sie ihn doch endlich«, forderte Nathalie den Mann mit einem Augenzwinkern auf.

Der Constable wurde hellhörig. »Mich erlösen?«, murmelte er. »Soll das heißen, dass das gar nicht …«

»Es soll heißen, dass ich Sie ganz dreist angelogen habe«, sagte Talradja und konnte sich ein schallendes Lachen nicht länger verkneifen. »Aber Sie müssen zugeben, dass ich gut war. Sie hätten es mir geglaubt, nicht wahr?«

»Ich … ich hätte es mit einer gewissen Skepsis behandelt und erst mal recherchiert«, gab Strutner zu. »Aber es war sehr überzeugend, das kann ich nicht anders sagen.«

»Machen Sie sich nichts draus, Constable. Die meisten, denen ich das erzähle, glauben es mir auf Anhieb. Nur ein paar sind so wie Sie und zweifeln es an, und bloß eine Handvoll fängt an zu lachen.« Er nickte bedächtig und wurde ernst. »Das zeigt, in welcher verrückten Zeit wir leben, dass ein ›Quoten-Inder‹ gar keine so abwegige Sache ist.« Mit einem Schulterzucken fuhr er fort: »Aber deshalb sind Sie nicht hergekommen. Wir haben schließlich Arbeit.«

Als er vor ihnen durch den Korridor ging, schloss Nathalie zu ihm auf. »Talradja klingt eindeutig indisch, doch wie kommen Sie zu dem Vornamen Jean-Louis? Der ist in dieser Verbindung ziemlich ungewöhnlich.«

»Mein Vater ist Engländer mit indischen Vorfahren, meine Mutter stammt aus Frankreich«, erklärte der Mediziner. »Meinen Vornamen verdanke ich ihr.« Dabei verzog er den Mund. »Obwohl ›verdanken‹ nicht so recht zutrifft, weil die Kombination so seltsam ist, dass sich praktisch jeder wundert, woher die kommt, und mich dann auch darauf anspricht.« Hastig hob er abwehrend die Hand. »Nichts gegen Sie, Miss Ames.«

»Tut mir trotzdem leid, dass ich was gesagt habe«, beteuerte sie.

»Das muss es nicht«, gab er zurück und lächelte flüchtig. »Meiner Mutter hat es auch nie leidgetan.«

Sie betraten den Obduktionsraum, Talradja ging zu einem der Kühlfächer, öffnete die Tür und drückte auf einen Knopf, daraufhin wurde die Bahre automatisch ausgefahren. Währenddessen holte er den Wagen, auf den die Bahre gehörte. Als er sich umdrehte, sah er in drei sehr erstaunte Gesichter.

»Stimmt etwas nicht?«, fragte er.

»Ist das eine Schokoladentorte?«, wollte Louise wissen und zeigte auf die Bahre.

»Hoppla«, entfuhr es dem Gerichtsmediziner, doch er wirkte in keiner Weise verlegen. »Das ist eine Sachertorte, eine Wiener Spezialität. Ich bin nebenbei leidenschaftlicher Hobbykonditor, und manchmal gibt es hier nichts anderes zu tun, als zwei Stunden lang auf ein Testergebnis zu warten, das darüber entscheidet, wie man die Untersuchung weiterführt. In zwei Stunden kann man als Hobbykonditor viel erreichen, unter anderem auch so etwas da. Nach altem Familienrezept übrigens.«

»Ich wusste gar nicht, dass es hier eine Küche gibt«, wunderte sich der Constable.

Talradja nickte. »Oh ja, im ersten Stock. Eigentlich ist das der Pausenraum, aber irgendjemand ist mal auf die

Idee gekommen, da eine komplette Einbauküche mit Herd und Backofen und allem Drum und Dran zu montieren. Wäre doch eine Schande, wenn das niemand nutzen würde.«

»Wenn Sie ›eine komplette Einbauküche‹ sagen«, warf Nathalie ein, »sollte es da doch auch einen Kühlschrank geben. Warum stellen Sie dann die Torte hier kalt? Ist das nicht irgendwie …« Sie zuckte unschlüssig mit den Schultern. »… etwas seltsam … oder unappetitlich?«

»Unappetitlich?«, wiederholte Talradja verständnislos.

»Na ja, wegen der Toten, meine ich«, versuchte sie zu erklären.

Der Gerichtsmediziner schüttelte besänftigend den Kopf. »Keine Sorge, da wird alles desinfiziert und … oh, jetzt verstehe ich, Miss Ames.« Bedächtig nickte er. »Sie sind das nicht gewöhnt, doch für mich ist der Umgang mit Toten Alltag.« Er hob flüchtig die Schultern an. »Sehen Sie, jetzt im Moment geht es nicht hektisch zu. Aber ich war eine Weile bei Scotland Yard, und da brauchte man Autopsieergebnisse so schnell, wie es nur ging. Das bedeutete oft, dass durchgearbeitet werden musste. Wenn man keine Pause machen kann, um etwas essen zu gehen, dann muss man das Essen eben erledigen, während man seine Arbeit macht.« Er lächelte sie an. »Wie heißt dieser Satz? Man gewöhnt sich an alles?«

Er schob die Torte zurück in das Fach und schloss die Tür. »Wenn Sie möchten, können Sie anschließend gern ein Stück haben«, bot er den dreien an, dann öffnete er ein anderes Fach. Diesmal kam der Mann zum Vorschein, den sie in dem zerstörten Schneemann gefunden hatten.

»Zur Identität kann ich noch nichts sagen«, berichtete

Talradja, nachdem er den Mann auf den Obduktionstisch gelegt hatte. »Papiere hatte er keine bei sich, wie Sie ja wissen, und seine Fingerabdrücke haben auch keine Übereinstimmung ergeben. Mit Blick auf die schweren Abschürfungen im Gesicht wird ihn wohl kaum jemand wiedererkennen können, wenn wir sein Porträt in den Medien und im Internet verbreiten. Der DNS-Abgleich dauert noch ein wenig, weil wir armen realen Gerichtsmediziner einfach nicht so schnell sein können wie unsere fiktiven Kollegen in Filmen und Serien.«

»Hoffen wir, dass wenigstens da ein Treffer angezeigt wird«, meinte Louise. »Was *können* Sie denn über den Mann sagen?«

»Nun, ich kann mit Sicherheit sagen, dass er nicht in diesem Schneemann erfroren ist«, erwiderte Talradja. »Als man ihn festgebunden und unter dem Schneeberg begraben hat, weilte er schon längst nicht mehr unter den Lebenden. Es ist gut, dass Sie mir sagen konnten, wie lange er in Schnee gepackt war.«

»Dann hat man ihn also in diesen Schneemann gesteckt, um ihn sozusagen zu konservieren?«, fragte Louise. »Damit Sie den Todeszeitpunkt nicht allzu genau bestimmen können?«

Der Gerichtsmediziner schüttelte so nachdrücklich den Kopf, dass seine Lockenmähne in Wallung geriet. »Nein, eben das glaube ich nicht. Die Täter wollten den Toten in erster Linie irgendwo verstecken, damit er nicht sofort gefunden wird. Vielleicht mussten sie nur genug Zeit rausholen, um das Land zu verlassen.«

»Alles andere würde auch nicht viel Sinn ergeben«, meinte Nathalie. »Wer einen Menschen ermordet und die Leiche verschwinden lassen will, der legt sie in einem Wald im Unterholz ab oder etwas in der Art, wo man sie nur durch Zufall entdeckt. Aber einen Toten in einem Schneemann zu verstecken, das kann doch nur bedeuten, dass der Täter will, dass das Opfer spätestens bei Tauwetter entdeckt wird.«

»Also ist er nicht erfroren«, sagte der Constable, »sondern er war bereits tot, wie Sie schon erwähnten. Und wie ist unser Unbekannter dann ums Leben gekommen?«

»Nun …«, antwortete der Gerichtsmediziner. »Unmittelbar vor dieser Aktion mit dem Schneemann war das Opfer in einen schweren Verkehrsunfall verwickelt, durch den schätzungsweise fünfundneunzig Prozent aller Verletzungen an diesem Körper verursacht wurden. Ich könnte Sie jetzt die nächsten vierzig bis fünfzig Minuten mit meinem Fachwissen beeindrucken – oder zumindest versuchen, Sie zu beeindrucken –, indem ich die lateinischen Namen aller Knochen, Muskel- und Körperpartien sowie aller Organe aufzähle, die bei diesem Zusammenprall in Mitleidenschaft gezogen wurden. Aber dazu habe ich keine Lust, und ich glaube, Sie auch nicht.« Er sah abwartend in die Runde.

Alle drei signalisierten Zustimmung, er nickte zufrieden. »Sehr schön, das hatte ich mir doch gedacht. Sie können sich gern die Röntgenaufnahmen anschauen, wenn Sie möchten. Sie bekommen die aber ohnehin zusammen mit meinem Bericht zugeschickt. Auf diesen Aufnahmen können Sie erkennen, dass es so gut wie keinen unversehrten Knochen in diesem Körper zu finden gibt. Beide Schien- und Wadenbeine wurden vollständig zertrümmert. So vollständig, dass die Knochen nicht nur völlig gesplittert sind, sondern teilweise sogar pulverisiert wurden. Ähnlich sieht es mit sämtlichen Gesichtsknochen aus. Alle übrigen Knochen waren nicht so immensen Kräften ausgesetzt, die sind ›einfach nur‹ gebrochen, so wie nach einem Sturz aus dem ersten oder zweiten Stock oder nach einem langen Treppensturz. Die Haut ist über den ganzen Körper verteilt an etlichen Stellen abgerieben, zu einem Teil auch mit dem Fleisch darunter bis auf die Knochen oder das, was von ihnen noch übrig ist.«

»Auch eine Folge des Unfalls?«, fragte Louise.

Talradja nickte und griff nach seinem Tablet, das mit dem Monitor an der Wand vor ihnen verbunden war, auf dem auch Bilder von einem Leichnam dargestellt werden konnten, der auf dem Tisch lag und obduziert wurde. »Meine Theorie über die Umstände, die zu diesem Verletzungsbild geführt haben, sieht wie folgt aus.« Eine Zeichnung auf dem Monitor zeigte eine stehende Person, unmittelbar davor ein flacher Wagen, am ehesten ein Sportwagen. »Dieser Mann stand auf einer Straße, als er von einem mit hoher Geschwindigkeit fahrenden Personenwagen erfasst wurde, vermutlich ungebremst. Die Frontpartie erfasste die Schienbeine, die mit voller Wucht getroffen wurden – mit den bereits angesprochenen Folgen für die Knochen. Fast gleichzeitig wurde der Mann mit dem Gesicht auf die Haube geschleudert, ebenfalls mit so großer Wucht, dass die Knochen in extrem kleine Splitter zerschmettert wurden. Andere Knochen sind dabei natürlich ebenfalls zu Bruch gegangen, doch eben nicht mit dieser zerstörerischen Wucht. Nach diesem Aufprall wurde der Mann in Fahrtrichtung geschleudert. Wie weit, kann ich nicht sagen, vielleicht fünfzig, vielleicht auch hundert Meter. Auf jeden Fall ist er in hohem Bogen durch die Luft geflogen und entsprechend hart aufgeschlagen, was weitere Knochenbrüche zur Folge hatte. Vermutlich ist der Körper vom Boden abgeprallt und noch mal ein Stück weit geflogen, und danach ist er durch den Schwung noch weiter über die Straße gerollt und geschlittert, was zu den zahlreichen Abschürfungen geführt hat. Dabei ist natürlich auch die Kleidung zerfetzt worden, was Sie ja selbst festgestellt hatten.«

Nathalie, Louise und Ronald betrachteten den Toten und die zahlreichen Verletzungen. Nathalie nickte nachdenklich. »Das klingt alles schlüssig.«

»Danke, Frau Kollegin«, gab Talradja zurück und zwinkerte ihr zu.

»So war das nicht gemeint«, versicherte sie ihm mit einem verlegenen Lächeln.

»Ich weiß.«

»Ist das jetzt komplett Ihre Theorie, Mr Talradja?«, wollte der Constable wissen. »Oder gibt es auch etwas Handfestes, das diese Theorie stützt.«

»Oh ja, das gibt es«, versicherte ihm der Gerichtsmediziner und ging um den Tisch herum, dann richtete er die grelle Lampe auf die Unterschenkel des Toten. »Sehen Sie hier!« Er deutete auf eine Stelle. »Können Sie das erkennen?«

Alle drei beugten sich vor, während Talradja nach einer Taschenlampe griff und die betreffende Stelle mehr von der Seite her beleuchtete, um einen Schattenwurf zu erzeugen.

»Ist das ein Abdruck?«, fragte Nathalie.

»Richtig.«

»Ich kann aber nicht erkennen, was das darstellen soll«, murmelte sie.

»Das macht nichts. Hauptsache, Sie haben gesehen, was ich meine.« Er tippte auf sein Tablet, dann tauchte ein neues Foto auf dem Monitor auf. »Ich habe das Bild bearbeitet, damit man es deutlicher erkennen kann.«

»Was ist das?«, fragte Strutner.

»Das ist der Abdruck eines Dreizacks«, antwortete der Gerichtsmediziner.

»Ein Dreizack? Jemand hat ihm einen Dreizack ins Bein gerammt?« Der Constable schüttelte den Kopf und schaute verständnislos auf das vergrößerte Bild. »Aber ist … ist ein Dreizack nicht wesentlich größer als das da?«

»Da haben Sie völlig recht, Constable. Ein Dreizack ist eine Stichwaffe, die aus drei nebeneinander angeordneten Zinken besteht, die auf einem Schaft aufsitzen. Der Dreizack hat seinen Ursprung in der Antike und wurde von vielen Kulturen als Kriegswaffe benutzt. Außerdem findet man ihn in der griechischen Mythologie als Zepter des Meeresgottes Poseidon.«

»Und was hat Poseidon mit dem Toten zu tun?«, murmelte Strutner, der sich offenbar in irgendeinen anderen Gedankengang verrannt hatte und dem Gerichtsmediziner nur noch mit halbem Ohr zuhörte.

»Der Dreizack ist aber auch das Symbol der Automarke Maserati«, fuhr Talradja fort.

»Dann wurde er von einem Maserati überfahren?« Mit einem Mal war Strutner wieder bei der Sache. »Ganz so viele Maserati dürfte es bei uns nicht geben. Die sind ziemlich kostspielig, soweit ich weiß.«

»Ja, das sind sie tatsächlich«, bestätigte der andere Mann. »Und der Anteil des Modells Quattroporte V Baujahr 2017 dürfte noch viel überschaubarer sein. Ich habe die Modelle aus den verschiedenen Baujahren mit dem Abdruck verglichen, und es ist das 2017er Modell, das millimetergenau passt.« Er rief ein Foto des Wagens auf und zeigte auf den Monitor. »Nicht nur der Dreizack sitzt genau an der richtigen Stelle, auch der Rand des Kühlergrills ist auf beiden Schienbeinen zu finden.«

»Wie schnell muss der Wagen gewesen sein, von dem der Mann erfasst wurde?«, fragte Louise.

»Ich will mich nicht festlegen, Miss Cartham, aber ich

würde von einer Geschwindigkeit von über hundert Meilen pro Stunde ausgehen. Der Wagen ist mit einer solchen Wucht mit ihm zusammengestoßen, dass sich die Front erst noch fast zwei Zentimeter tief in die Unterschenkel fressen konnte, bevor der Körper in Bewegung geriet und nach vorn kippte.« Er deutete auf einen Beistelltisch, auf dem mehrere kleine, fest verschlossene Gläser standen. »Das da ist übrigens ein Splitter eines Nummernschilds, der in Höhe des Fußknöchels im Fleisch des Mannes steckte. Vermutlich das Nummernschild des Maserati. Wenn Sie den Wagen gefunden haben, sollten Sie nachsehen, ob da etwas abgesplittert ist.«

»Dann wollen wir mal hoffen, dass 2017 nicht das erfolgreichste Jahr in der Firmengeschichte war«, sagte Nathalie. »Sonst haben wir noch Tausende Wagen von genau diesem Modell, und dann sind wir eine Ewigkeit damit beschäftigt, nach dem Tatfahrzeug zu suchen. Bis wir fertig sind, ist der Wagen so alt, dass er schon in der Schrottpresse gelandet ist.«

»Ich kann mir aber nicht vorstellen, dass es – selbst bei sechstausend Fahrzeugen – mehr als einen Wagen gibt, der genau in diesem Lilaton lackiert ist«, hielt Taldadja dagegen.

»Lilaton?«, fragten alle drei gleichzeitig.

Der Gerichtsmediziner sah in die Runde. »Hatte ich das noch nicht erwähnt? Ich habe an den Unterschenkeln und im Gesicht zahlreiche lila Lackpartikel gefunden, doch Lila ist keine serienmäßig angebotene Lackierung. Mit etwas Glück hat der Besitzer den Wagen beim Händler umlackieren lassen. Falls nicht, wird das Labor anhand der Partikel sicher Informationen zum Lack liefern können, die zur richtigen Lackiererei führen werden.«

Der Constable klatschte begeistert in die Hände. »Das

wird mein leichtester Fall überhaupt werden. Wir haben den Abdruck des Dreizacks am Toten, wir haben Lackpartikel …«

»Und wir haben das Abschleppseil«, ergänzte Nathalie.

»Das Abschleppseil?«, wiederholte Strutner.

»Ja, das Abschleppseil, mit dem das Opfer gefesselt wurde«, sagte sie. »Das Zeichen auf dem Seil ist kein verschnörkeltes E, sondern der Dreizack, der wie ein E aussieht, wenn man ihn zur Seite dreht. An dem Seil werden ganz sicher Fingerabdrücke zu finden sein, mit denen wir den Fahrer überführen können.«

»Stimmt ja, das Seil hatte ich schon vergessen«, gab der Constable zurück. »Wir werden im Handumdrehen den Täter dingfest machen, der diesen Mann auf dem Gewissen hat.« Er rieb sich begeistert die Hände.

Talradja räusperte sich, um auf sich aufmerksam zu machen. »Ich möchte Ihnen wirklich nicht die Freude verderben, Constable, aber … ganz so einfach liegt der Fall womöglich nicht.«

Alle drei sahen den Gerichtsmediziner abwartend an.

»Wie … wie meinen Sie das?«, fragte Strutner zögerlich.

»Sie werden sicherlich den Fahrer ausfindig machen, der diesen Mann überfahren und dabei so zugerichtet hat«, erklärte Talradja. »Doch das ist nicht zwangsläufig auch derjenige, der ihn auf dem Gewissen hat.«

»Ich verstehe nicht, Mr Talradja.«

»Als dieser Mann überfahren wurde, Constable, war er bereits seit mindestens drei Tagen tot.«

Viertes Kapitel, in dem es ein Wiederhören mit einer verflossenen Liebe gibt und der Pub beinahe ausgeraubt wird … oder nicht?

»Er war schon tot?«, wiederholte Strutner ungläubig. »Ist das Ihr Ernst?«

Der Mediziner zeigte keine Reaktion, obwohl die meisten anderen auf diese Frage hin genickt hätten. Es war nur eine winzige Geste … nein, es war das Fehlen jeglicher Geste, korrigierte Nathalie sich prompt, und genau das verlieh diesem Mann viel mehr Autorität als jedes Aufbrausen, als jede Empörung darüber, dass sein Urteil angezweifelt wurde, noch dazu von einem Laien.

Ohne auf die Frage des Constable einzugehen, führte

Talradja aus: »So gut wie alle Verletzungen wurden dem Mann nach seinem Tod zugefügt, und diese Verletzungen stammen ausnahmslos von der Kollision mit dem Auto. Die Abschürfungen, die Prellungen, die Knochenbrüche – nichts davon hat dieses Unfallopfer noch mitbekommen. Auch nicht, dass der Wagen herangerast kam.« Der Mediziner deutete auf die Arme. »Sehr deutlich kann man das auch an den Armen sehen, die einfach so wie der restliche Körper auf der Motorhaube aufgeschlagen sind. Hätte unser Unbekannter das Nahen des Fahrzeugs noch miterlebt, dann hätte er reflexartig die Arme hochgerissen, und dann wären die Handknochen und die Unterarmknochen genauso pulverisiert worden wie Teile seines Schienbeins.« Er sah wieder der Reihe nach die anderen an.

»Das heißt also, unser unbekannter Raser hat ›nur‹ einen Toten überfahren?«, hakte Nathalie nach.

»So sieht es zumindest aus, Miss Ames.«

Louise hob einen Finger, um einzuwenden: »Es sei denn, der Raser hat den Mann selbst umgebracht und anschließend den Toten überfahren, um den Eindruck zu erwecken, dass er mit der eigentlichen Tat nichts zu tun hat und nur zufällig den Mann erwischt hat.«

Nathalie nickte nachdrücklich. »Ja, diese Möglichkeit sollten wir nicht außer Acht lassen«, stimmte sie ihrer Köchin zu und rieb sich übers Kinn, dann schaute sie wieder Talradja an. »Ich will nicht Ihre Kompetenz anzweifeln, Dr. Talradja, doch ich muss Sie fragen, ob Sie sich wirklich ganz sicher sind, dass der Mann vor dem Unfall tot war. Könnte er nicht doch noch gelebt haben?«

»Sie können mir glauben, dass ich einen Toten erkenne, wenn ich ihn vor mir habe, Miss Ames«, entgegnete der Mann in höflichem Tonfall.

»Aber wie kann er denn stehend von diesem Wagen

getroffen worden sein?«, wollte sie wissen. »Ein Toter kann eigentlich nur auf der Straße liegen. Wenn er jedoch liegend von dem Fahrzeug erfasst worden wäre, hätte es nicht zu diesem Abdruck an seinem Bein kommen können.«

»Was wäre denn …«, wandte Louise ein und fuchtelte mit den Händen durch die Luft, um sich die Situation zurechtzulegen, die ihr durch den Kopf ging, »… wenn der Tote in Fahrtrichtung auf der Fahrbahn gelegen und die Knie angewinkelt hätte? Dann wären die Unterschenkel doch auch in der richtigen Stellung gewesen, um vom Kühlergrill und von diesem Dreizack getroffen zu werden.«

Talradja nickte und zog anerkennend eine Augenbraue hoch. »Ein interessanter Gedanke. Leider mit einem kleinen Fehler, denn so würde es nicht zu den übrigen Verletzungen passen. Eine liegende Person wäre eher überrollt worden oder aber wäre seitlich weggerutscht und über die Fahrbahn geschlittert. Dann wären die Gesichtsknochen nicht zerschmettert, und es hätten sich dort auch keine Lackpartikel gefunden. Vor allem aber wären mit ziemlicher Sicherheit nicht alle Knochen gebrochen.«

»Also hat er auf der Fahrbahn gestanden, als der Wagen ihn erfasst hat«, folgerte der Constable, schüttelte aber gleich darauf den Kopf. »Wie soll das gehen? Der Mann ist schließlich kein Zombie, der auf der Autobahn spazieren gegangen ist.«

»Das, mein lieber Constable«, erwiderte Talradja, »ist eine Frage, die zum Glück nicht in meine Zuständigkeit fällt, sondern in Ihre.«

Strutner verdrehte die Augen. »Das klingt nach einem schlechten Witz: Steht ein Toter nachts auf der Autobahn, kommt ein Auto angerast. Sagt der Tote …« Er verstummte mitten im Satz. »Dieser Witz ist so schlecht, dass mir nicht mal eine Pointe einfallen will.« Seufzend drehte er sich weg. »Kommt, wir müssen dahinterkommen, wie man einen Toten aufrecht hinstellen kann, ohne dass er gleich wieder umkippt.«

»Wir sind hier aber noch nicht fertig«, rief Nathalie ihm hinterher.

Strutner wandte sich genauso verwundert zu ihr um wie Louise und der Gerichtsmediziner, die sie alle ratlos ansahen und durch kleine Gesten zu verstehen gaben, dass sie nicht wussten, was sie von ihnen wollte.

»Mr Talradja, Sie sprachen davon, dass dem Mann so gut wie alle Verletzungen durch den Zusammenstoß beigebracht wurden. Aber was ist mit der eigentlichen Todesursache?«

»Ich muss gestehen, dieser Fall ist so außergewöhnlich, dass ich darüber glatt die Hälfte vergesse«, sagte Talradja, schnippte mit den Fingern und lächelte ein wenig verlegen.

»Und?«, hakte Nathalie nach.

Der Gerichtsmediziner griff wieder nach seinem Tablet und tippte verschiedene Fotos an, die er auf den Monitor übertrug. »So, wie der Körper unseres Unbekannten durch diesen Zusammenstoß zugerichtet worden war, musste ich detektivische Feinarbeit leisten, um noch Verletzungen zu finden, die man ihm zu Lebzeiten zugefügt hatte. Wer auch immer ihn getötet hat, er hat offenbar großen Wert darauf gelegt, seinem Opfer keine blutenden Wunden beizubringen.« Er zuckte flüchtig mit den Schultern. »Vielleicht wollte der Mörder nur vermeiden, dass Blut an seine Kleidung gelangt, vielleicht war die Sache mit dem anschließenden Autounfall aber auch von vornherein so geplant gewesen. Dem Mörder dürfte nicht klar gewesen sein, dass man dem

Opfer ansehen kann, ob es vor oder nach seinem Tod grün und blau geprügelt wurde. Doch er scheint darauf bedacht gewesen zu sein, dem Mann keine blutenden Wunden zuzufügen.«

Talradja zeigte eine Reihe von Fotos und erklärte dazu: »Als ich endlich die erste Prellung entdeckt hatte, fand ich auch ziemlich schnell die anderen. Zumindest einen Teil der anderen«, berichtigte er sich. »Die blauen Flecken sehen alle gleich groß aus, als wären sie durch einen relativ kleinen, aber sehr harten Gegenstand verursacht worden. Möglicherweise ein Hammer. Wenn man jemandem mit einem Hammer auf den Arm schlägt, ist das zum einen sehr schmerzhaft, zum anderen bildet sich nur ein recht kleiner blauer Fleck, der allerdings bis tief ins Gewebe reicht und sehr schmerzhaft ist. Von dieser Sorte hat der Tote viele, sehr viele sogar.«

»Vielleicht wurde er gefoltert«, warf Louise ein, »und für jede falsche Antwort gab es einen Schlag mit dem Hammer.«

»Aber man stirbt doch nicht an ein paar Dutzend blauen Flecken«, widersprach der Constable.

»Das ist richtig, Mr Strutner. Der Tod trat ein, nachdem der Hinterkopf unseres Unbekannten mit so vielen Schlägen traktiert worden war, dass ihm schließlich das Genick brach.«

»Als hätte ihn jemand mit einem Punchingball verwechselt«, murmelte Nathalie erschrocken. Sie wollte sich gar nicht ausmalen, was der Mann vor seinem Tod durchgemacht hatte. So etwas würde sie ihrem ärgsten Feind nicht wünschen, und sie vermochte auch nicht zu verstehen, wie ein Mensch dazu fähig sein konnte, einen anderen so zu traktieren.

Talradja legte sein Tablet zur Seite. »So könnte man das auch ausdrücken. Ihm wäre zu wünschen, dass er nach den ersten drei oder vier Treffern das Bewusstsein verloren und von dem Rest nichts mehr mitbekommen hat.«

»Das würde auf jeden Fall bedeuten, dass der Mörder bereits vor der eigentlichen Tat geplant hatte, das Ableben dieses Mannes nach einem Verkehrsunfall aussehen zu lassen, richtig?«, sagte Louise. »Das Genick wäre ihm ja bei einem echten Verkehrsunfall dieser Art wohl auch gebrochen worden, nicht wahr?«

»Das wäre bereits geschehen, als er mit dem Gesicht auf der Motorhaube aufschlug«, stimmte der Gerichtsmediziner ihr zu. »Würde es keinen erkennbaren Unterschied zwischen Verletzungen geben, die einem Menschen vor oder nach dem Tod zugefügt werden, dann wäre es in diesem Fall tatsächlich nicht möglich, einen Unfall von einem Mord zu unterscheiden.«

»Tja, das hilft mir nur insofern weiter«, warf Ronald ein, »als der Täter nie *CSI* gesehen haben kann, weil er solche Dinge sonst wüsste. Wie ein Toter aufrecht auf der Straße stehen kann, als er überfahren wird, ist mir nach wie vor nicht klar. Außerdem wissen wir nicht, wer der Tote ist und warum er ausgerechnet vor dem Black Feather unter einem Schneemann versteckt wurde.« Er seufzte frustriert. »Ich weiß nicht, ob ich jemals einen Fall hatte, bei dem mir so extrem wenige Fakten vorgelegen haben.«

»Na, jetzt verlier mal nicht den Mut, Ronald«, sagte Louise und klopfte ihm auf die Schulter. »Ich wette, wenn wir den Fahrer dieses Maserati ausfindig gemacht haben, werden wir ganz schnell der Sache auf den Grund gehen.«

»Da habe ich meine Zweifel, wenn ich das alles höre«, murmelte Strutner.

»Wer weiß, vielleicht kommen wir ja schon ein Stück

weiter, wenn uns dieser Fahrer sagen kann, wo sich der Unfall überhaupt abgespielt hat«, gab Nathalie zu bedenken, um den Constable aufzumuntern.

Der schlug aber daraufhin die Hände vors Gesicht und jammerte: »Oh Gott, wir wissen ja nicht mal, wo sich der Unfall ereignet hat!«

Nathalie und Louise sahen sich an und verdrehten beide die Augen. Sie dankten Dr. Talradja für alles, was er ihnen hatte sagen können, und dirigierten den Constable nach draußen.

Auf dem Weg zu ihrem Wagen zog Nathalie Strutner den Autoschlüssel aus der Tasche. »Ich fühle mich nüchtern genug, um zurückzufahren«, erklärte sie, aber der Constable schien sie gar nicht zu hören. Stattdessen murmelte er etwas Unverständliches vor sich hin.

Als sie auf den Parkplatz hinter dem Pub fuhren, war es bereits kurz nach sechs. Ein missmutiger Constable verließ seinen Platz auf der Rückbank von Nathalies SUV und ging zu seinem Wagen. Er schien »Bis morgen!« oder etwas Ähnliches zu sagen, aber der Schnee schluckte den Schall und verhinderte so, dass Louise und Nathalie ihn richtig verstanden.

Nathalie stieg ebenfalls aus und genoss eine Weile schweigend die verschneite Landschaft.

»Wunderschön, nicht wahr?«, sagte Louise leise, die mit knirschenden Schritten um den Wagen herumkam und sich zu ihr stellte.

»Ich weiß gar nicht, wie lange es her ist, dass ich das letzte Mal Schnee gesehen habe«, erwiderte Nathalie. »Früher in Liverpool hat es mal hin und wieder geschneit, doch was den Boden berührte, verwandelte sich im besten Fall in diesen glasigen Schneematsch. Aber so wie hier …« Sie schüttelte den Kopf.

»Der Normalfall ist das auch nicht«, schränkte die Köchin ein. »Das hier erleben wir alle paar Jahre, dazwischen sind die Temperaturen im Winter oft so hoch, dass es nicht mal Schneefall gibt. Weiter südlich an der Küste sieht das schon wieder anders aus.«

»Ich finde das unglaublich faszinierend, wie hell jetzt alles wirkt, was sonst in völliger Schwärze versinkt.« Nathalie zeigte auf die Felder westlich von Earlsraven, von denen sonst in der Nacht nichts zu sehen war, da es nicht mal Straßenlampen gab, die den Weg über Land etwas angenehmer und vor allem sicherer gemacht hätten. In weiter Ferne waren vereinzelt umherwandernde Scheinwerfer der Wagen auszumachen, die ihre Besitzer in noch entlegenere Dörfer brachten.

Strutner fuhr an ihnen vorbei, hupte kurz und hob die Hand zum Gruß, dann machte er sich auf den Heimweg.

»Ronald wirkte ja völlig deprimiert«, meinte Nathalie besorgt. »Stimmt irgendwas nicht mit ihm?«

Louise winkte ab. »Im Winter ist er oft etwas seltsam drauf. Vor allem wenn es auf Weihnachten zugeht, fängt er an zu grübeln, was das nächste Jahr bringen wird. Er sieht sich dann immer noch nur als Constable, was für jemanden Mitte fünfzig sicher keine Leistung ist, das gebe ich auch zu. Aber eigentlich ist er damit zufrieden. Ich meine, dass er jetzt versucht, doch noch ein bisschen mehr aus sich zu machen, indem er an diesen Kursen teilnimmt, das finde ich bewundernswert. Doch ich kenne ihn andererseits gut genug, um zu wissen, dass er nicht den Ehrgeiz besitzt, um das auch durchzuziehen. Wenn er das schafft, werde ich ihn mit Lob überhäufen, das verspreche ich dir. Aber wenn er es nicht schafft, werde ich auch nicht enttäuscht sein.«

Nathalie lächelte sie an. »Du bist wie eine sehr vernünftige Mutter, die ihr Kind unterstützt, aber zu nichts zwingt, auch nicht zum Violinunterricht, obwohl der so angesagt ist und eine große Karriere winkt.«

»Stimmt, der Vergleich passt gut«, fand die Köchin. »Doch es ist nicht nur die Karriere, die Ronald etwas depressiv macht. Ihm fehlt auch deine Tante, und ich glaube, er macht sich insgeheim Vorwürfe, dass sie beide nie geheiratet haben.«

»Zum Heiraten gehören immer zwei«, gab Nathalie zurück. »Und wenn ich eines mit Sicherheit weiß, dann ist es, dass Tante Henrietta nie im Leben geheiratet hätte – weder Ronald noch irgendeinen anderen Mann. Er muss sich also keine Vorwürfe machen, sondern soll lieber froh sein, dass er sie nie gefragt hat. Das hätte nur zu einer peinlichen Situation geführt.«

»Warum wollte sie nicht heiraten?«, fragte Louise. »Wenn jemand so beharrlich dagegen ist, muss es doch einen Grund dafür geben.«

»Den Grund kennt niemand. Selbst meine Eltern haben sich immer gefragt, was ihr widerfahren ist, dass sie unbedingt ledig bleiben wollte«, erzählte Nathalie. »Das Geheimnis hat sie mit ins Grab genommen. Oder vielleicht hat sie es ja in eines ihrer Bücher geschrieben, und da finde ich es erst, wenn ich alt und grau bin und dann endlich dazu komme, die Kartons mit den Büchern zu sichten.« Nathalie musste leise lachen. Als sie den fragenden Blick ihrer Köchin sah, erklärte sie: »Ich habe mir nur gerade vorgestellt, wie ich als alte und senile Frau dasitze und plötzlich in einem Buch die Erklärung für Henriettas Single-Dasein entdecke. Dann lese ich die Zeilen sehr interessiert und frage mich am Ende: ›Wer ist bloß diese Henrietta?‹«

Das veranlasste Louise zu einem Schmunzeln, während sie neben Nathalie her zum Black Feather ging.

»Lerne ich eigentlich deine Mutter auch bald kennen?«, fragte sie. »Dein Vater hat sich wenigstens hergetraut, um dir deine Möbel zu bringen, aber von deiner Mutter war noch nichts zu sehen.«

»Die beiden haben mit ihrem Reisebüro alle Hände voll zu tun. Es war ja schon ein Wunder, dass mein Dad es geschafft hat, meine Möbel bei der Spedition rauszuholen und alles herzubringen.«

»Ein Reisebüro zu haben und nie Urlaub zu machen ist irgendwie seltsam«, fand Louise. »Da kommen jeden Tag Leute rein, die in die Südsee fliegen oder eine Kreuzfahrt durchs Mittelmeer unternehmen wollen, und dann arrangiert man das alles bis ins letzte Detail, sitzt selbst jedoch weiterhin an seinem Schreibtisch, während man weiß, dass der Kunde, der eben das Geschäft verlassen hat, in drei Wochen ein paar Tausend Meilen entfernt in der Sonne liegen wird. Und nach Ladenschluss geht man raus und stapft durch den Schneematsch, während der eisige Wind einem die Nasenspitze erfrieren lässt.«

»Ach, meinen Eltern macht vor allem dieses Organisieren Spaß«, erklärte Nathalie. »Und es ist ja auch nicht so, als käme jeder Kunde rein und sagte: ›Ich möchte drei Wochen Urlaub in Barcelona machen, ich möchte diese fünf Museen und jene vier Sehenswürdigkeiten aufsuchen.‹ Oft genug haben die Leute nur den Wunsch, zwei Wochen Urlaub da zu verbringen, wo jetzt die Sonne scheint. Besonders meine Mum ist gut darin, solchen Kunden genau die richtigen Informationen zu entlocken, um für sie den maßgeschneiderten Urlaub zusammenzustellen.«

»Das kann aber auch danebengehen, oder?«

Nathalie schüttelte den Kopf. »Bei Mum ist das noch nicht passiert, jedenfalls habe ich das noch nie mitbekommen. Und im Gästebuch findet sich durchweg Lob für meine Eltern.«

»Wenn deine Mutter nicht bald herkommt, fahre ich nach Liverpool und gehe sie besuchen«, drohte Louise grinsend an. »Vielleicht bekomme ich ja Rabatt, wenn ich erzähle, dass ich für dich arbeite.«

»Den bekommst du bestimmt. Und dazu garantiert auch noch ein halbes Dutzend peinlicher Anekdoten aus meiner Kindheit.« Nathalie seufzte. »Ich wünschte, ich könnte ihr das austreiben.«

»Kann ich gut verstehen«, erwiderte Louise. »Mein Vater war auch so. Er hat sich nie was dabei gedacht, wenn er meinen Freunden von irgendwelchen Missgeschicken erzählte, die ich mir geleistet hatte. Ich konnte ihn hundertmal bitten, mich nicht ständig vor anderen Leuten in Verlegenheit zu bringen – ohne Erfolg. Gut, dass ich vorgewarnt bin. Wenn ich deine Mutter mal irgendwann kennenlerne, werde ich zusehen, dass ich sie von ihren Anekdoten abhalte.«

»Dafür werde ich dir sehr dankbar sein«, sagte Nathalie und legte ihr eine Hand auf die Schulter. »Du bist eine gute Freundin, Louise.«

»Jeder kriegt das, was er verdient«, konterte die Köchin, dann hielt sie Nathalie die Tür zum Café auf, und sie betraten das Gebäude. »Danke übrigens.«

Im Café herrschte gähnende Leere, was für diese Uhr- und Jahreszeit völlig normal war, wie Nathalie anhand der Umsatzzahlen der Vorjahre bereits festgestellt hatte, als ihr aufgefallen war, dass die letzten Gäste umso früher das Café verließen, je eher es draußen dunkel war. »Ich glaube, wir sollten im nächsten Jahr damit anfangen, im Café auch ein paar warme Gerichte anzubieten«, sagte sie zu Louise, während sie hinter sich abschloss und ihrer Bedienung hinter der Theke ein Zeichen gab, damit die Kassensturz und dann Feierabend machte. »Nur Kleinigkeiten. Nichts, was man auch im Pub bekommt. Vielleicht frische Waffeln oder Milchreis mit Früchten …«

»… oder Crêpes mit süßer Füllung«, ergänzte die ältere Frau und nickte zustimmend. »Das klingt nach einer guten Idee, Nathalie. Wenn es draußen kalt wird, ist Kuchen für viele Leute nicht mehr so reizvoll. Aber warme Süßspeisen … ja, das hat was.«

»Apfelstrudel mit Vanille- oder Schokoladensoße«, fügte Nathalie an. »Das sollten wir vielleicht im Januar oder Februar schon einmal testen. Ich notiere mir das gleich mal, damit wir uns ein paar Gedanken machen.«

»Und ich setze sofort das Personal auf die Idee an, vielleicht hat ja jemand noch ein paar gute Vorschläge.« Louise ging in Richtung Küche weiter und winkte Nathalie über die Schulter zu. »Wir sehen uns.«

»Miss Ames?« Cathy Morrow, die die Nachmittagsschicht hinter der Theke übernommen hatte, schaute durch die Tür in den Flur. »Da ist ein Anruf für Sie. Scheint was Privates zu sein. Den Namen habe ich nicht verstanden. Sie wissen ja, wie laut die Gäste manchmal sein können.«

»Kein Problem, Cathy«, sagte Nathalie. »Stellen Sie den Anruf in mein Büro durch.«

»Geht nicht, ich habe ihn hier im Pub angenommen.« Sie zuckte hilflos mit den Schultern. »Ich kann von da aus schon den ganzen Nachmittag kein Gespräch vermitteln. Scheint so, als wäre jetzt endgültig nichts mehr zu machen.«

Nathalie seufzte frustriert. Die Telefonanlage hatte in den letzten Monaten immer wieder durch Aussetzer auf sich aufmerksam gemacht, aber die waren nicht länger als ein paar Minuten gewesen. »Cathy, notieren Sie bitte für mich, dass ich gleich morgen früh bei der Telefongesellschaft anrufe, damit die endlich mal diese Anlage austauschen«, wies sie die junge Frau an. Vor dieser Maßnahme graute ihr, weil damit ganz sicher auch der

Austausch aller Nebenstellen verbunden war. Immerhin hatte diese Anlage fast vierzig Jahre auf dem Buckel, und die moderne Technologie würde sich bestimmt nicht mit den vorsintflutlichen Telefonen im Büro und in den Zimmern verstehen.

»Ja, hallo?«, meldete sie sich und hielt sich ein Ohr zu, um das Stimmengewirr im Pub auszublenden.

»Soll ich später noch mal anrufen?«, fragte eine blechern klingende Männerstimme. »Ist Nathalie dann zu sprechen?«

»Ich bin am Apparat«, sagte sie. »Wer ist da?«

»Hast du mich tatsächlich so schnell vergessen?« lautete die Erwiderung in einem Tonfall, der wohl amüsierter klingen sollte, als er es tat.

»Glenn? Bist du das?«, fragte sie.

»Ja.«

»Tut mir leid, ich habe deine Stimme nicht erkannt«, erklärte sie und spürte überrascht, dass ihr Herz einen Moment schneller klopfte. »Hier ist es gerade ziemlich laut, und du klingst, als würdest du in einem Lüftungsschacht sitzen.«

»Oh«, machte ihr Ex-Freund, der zum Ex geworden war, nachdem sie das Black Feather geerbt und sie beide gemerkt hatten, dass ihre Vorstellungen vom Leben einfach zu weit auseinanderlagen. Zum Glück waren sie erwachsen genug gewesen, um sich im Guten zu trennen und nicht darauf zu verfallen, dem anderen irgendwelche Vorwürfe zu machen. Nathalie war schon nach kurzer Zeit bewusst geworden, dass das Black Feather und damit ein Leben auf dem Land genau das war, was zu ihr passte. Glenn dagegen war auch nach einer Handvoll Besuche in Earlsraven der Stadtmensch geblieben, für den Nathalie sich immer gehalten hatte. Es hätte nichts gebracht, diese Beziehung weiterzuführen und damit erst recht Frust und Unzufriedenheit zu schüren.

»Kann daran liegen, dass ich gerade eben im Aufzug gestanden habe«, erklärte er.

»Das muss es sein«, stimmte sie Glenn zu. »Jetzt kann ich dich viel klarer hören.« Ihr Blick fiel auf den Wandkalender, den sie von einer der Brauereien bekommen hatten. Heute war der sechzehnte Dezember. Nur noch ein paar Tage bis Weihnachten. Glenn wollte doch nicht etwa …?

»Gut, ich muss dich was fragen, Nathalie«, sagte er und ließ eine lange Pause folgen.

»Ich höre«, gab sie etwas zögerlich zurück. Wenn Glenn ins Stocken geriet, hatte er normalerweise etwas auf dem Herzen, was nicht mit einem einfachen Ja oder Nein beantwortet werden konnte. Wenn er in weihnachtlicher Stimmung war und dann vielleicht auch noch auf dem deutschen Weihnachtsmarkt vor dem Hauptbahnhof ein oder zwei Gläser Glühwein getrunken hatte, könnte er durchaus auf die Idee kommen, sie um eine zweite Chance zu bitten. Oh Gott, wie sollte sie dann angemessen reagieren? Dass sie mit ihm keinen zweiten Anlauf versuchen wollte, war ihr zwar seit dem Tag klar, an dem sich ihre Wege getrennt hatten, doch wie sie ihm das am Telefon beibringen sollte, wusste sie nicht.

»Na ja, du erinnerst dich vielleicht daran, dass wir eine Woche Weihnachtsurlaub in Marseille gebucht hatten …«, begann er.

»Stimmt. Jetzt, wo du es sagst«, antwortete sie und fuhr sich mit der freien Hand durch die dunkelblonden Haare, die sie inzwischen so lang trug wie schon seit Jahren nicht mehr.

»Also hattest du das auch vergessen.« Er klang mit einem Mal amüsiert.

»Auch?«, wiederholte sie. »Du etwa auch?«

»Bis vor drei Tagen, ja«, gestand er und fing an zu lachen. »Du hättest mein Gesicht sehen sollen, als ich am

Donnerstag plötzlich eine Mail erhalte und mir mitgeteilt wird, dass man uns ein Zimmer in einem anderen Hotel zuteilen müsse, weil es im gebuchten Hotel einen Wasserrohrbruch gegeben habe.«

Nathalie schüttelte den Kopf. »Das heißt, ohne diese Mail wäre dir das irgendwann im nächsten Jahr aufgefallen, wenn du bei der Durchsicht deiner Kontoauszüge für die Steuererklärung die Abbuchung für den Flug und das Zimmer entdeckt hättest?«

»Vermutlich hätte ich es am zweiundzwanzigsten Dezember gemerkt, weil sich bestimmt jemand aus dem Hotel bei mir gemeldet hätte, um nachzufragen, wann wir denn eintreffen werden.«

Während er redete, spielte sie mit der Spiralschnur, die den Hörer mit der Anlage verband. Sie hoffte, dass man ihnen eine Telefonanlage geben konnte, bei der es möglich war, aller modernen Technik zum Trotz auch noch diese altmodischen Telefone mit Schnur anzuschließen. Es hatte etwas … etwas Urtümliches an sich, das viel besser in diesen Pub passte als eines dieser langweiligen modernen Geräte.

»Und?«, fragte sie. »Bekommst du wenigstens einen Teilbetrag erstattet? Ich würde gern etwas dazu beisteuern, wenn du zu viel Verlust hast.«

»Danke für das Angebot«, erwiderte er und klang über ihren Vorschlag überrascht, als hätte er damit nicht mal im Traum gerechnet. »Aber das ist nicht nötig. Ich … ähm … ich möchte die Reise trotzdem antreten.«

»Allein?«, fragte sie reflexartig und so schnell, dass sie sich nicht mehr davon abhalten konnte. Natürlich würde er nicht allein nach Marseille fliegen! Gab es eine dümmere Frage?

»Ähm … nein«, kam die verhaltene Antwort. »Ich nehme … jemanden mit.«

Nathalie verzog den Mund. »Tatsächlich?«, konterte sie und konnte sich den ironischen Unterton nicht verkneifen. Dabei war ihr so gar nicht nach Ironie zumute, aber das musste Glenn ja nicht wissen. Auch wenn sie sich im Guten getrennt hatten, hieß das nicht, dass sie die Beziehung bereits mit allen damit verbundenen Gefühlen zu den Akten gelegt hatte. Dass er schon nach vorn blicken konnte und sich auf eine neue Beziehung eingelassen hatte, gab ihr zumindest unterschwellig das Gefühl, dass ihre gemeinsame Zeit für ihn doch nicht ganz so bedeutsam gewesen war. Allerdings hätte sie sich vielleicht inzwischen auch schon in eine neue Beziehung gestürzt, wenn sie durch die Arbeit im Black Feather nicht so ausgelastet gewesen wäre, dass eigentlich keine Zeit für einen Mann in ihrem Leben blieb. »Glenn, warum rufst du mich an und erinnerst mich an eine Reise, die wir beide längst vergessen hatten, nur um mir zu sagen, dass du ›jemanden‹ mitnimmst? Du musst doch damit gerechnet haben, dass ich dann frage, wer denn diese Jemand ist – auch wenn mich das nichts mehr angeht.«

»Na ja, weil ich dich fragen wollte, ob das für dich okay ist«, erklärte er. »Immerhin sollte das *unsere* Weihnachtsreise sein und … na ja …«

»Soll das heißen, du lässt die Reise verfallen, wenn das für mich nicht okay ist?«, erwiderte sie ungläubig.

Nach einer langen Pause hörte sie ihn tief durchatmen, dann sagte er: »Ja, das soll es heißen.«

Ihr fehlten die Worte, sie musste sich auf dem Tresen abstützen. »Ich … ich …«, stammelte sie und redete leise weiter: »Ich bin jetzt wirklich gerührt, Glenn. Das ist so … so aufmerksam von dir.«

Sie konnte sich vorstellen, wie er in diesem Moment mit der linken Schulter zuckte, wie immer, wenn ihm ein

Lob oder ein Kompliment peinlich war. Etwas wie Wehmut überkam sie, aber nur für einen Moment. Dann war der sentimentale Anflug auch schon vorüber.

»Du hast mein Okay, Glenn«, redete sie schließlich weiter, als ihre Stimme nicht mehr zu versagen drohte. »Ich hoffe nur, dass deine … deine Jemand damit kein Problem hat.«

»Hat sie nicht, doch sie hätte auch Verständnis gehabt, wenn es dir nicht behagt hätte.«

»Jetzt hast du mich wirklich neugierig gemacht«, sagte Nathalie. »Welche Frau ist denn so verständnisvoll und rücksichtsvoll?«

»Du meinst, außer dir?«, scherzte er.

»Komiker«, knurrte sie im Spaß. »Also, sag schon. Kenne ich sie?«

Glenns Zögern dauerte zwar nur einen Sekundenbruchteil, doch das reichte, um ihr zu verraten, dass sie ihre »Nachfolgerin« kannte. »Ich glaube schon«, antwortete er in einem nachdenklichen Tonfall, als wäre er sich nicht völlig sicher. »Es ist Hilary.«

»Welche Hilary?«

»Aus dem Coffeeshop.«

»Miss Pferdegebiss?«, rutschte ihr ungewollt der heimliche Spitzname dieser Frau Anfang zwanzig raus, die im Coffeeshop hinter der Theke stand.

»Miss Pferdegebiss?«, wiederholte er verwundert und auch ein bisschen ungehalten.

»Ja, so hat meine Kollegin Lisa sie immer genannt«, erklärte sie. »Sie hat Lisa mal den Freund ausgespannt, weil der von ihrem breiten Grinsen so fasziniert war, dass er darüber Lisa vergessen hatte. Na ja, seitdem war das der interne Spitzname für sie.« Sie zuckte flüchtig mit den Schultern, auch wenn Glenn das nicht sehen konnte. »Meine Idee war's nicht, und abgesehen davon –

woher sollte ich wissen, dass ihr beide mal was miteinander haben würdet?« Sie überlegte einen Moment lang. »Ich bin mir nicht ganz sicher, aber es kann sein, dass Lisa sie sogar mal so angeredet hat.«

»Hm«, machte Glenn.

»Jetzt komm schon«, fuhr sie fort. »Lisa hatte einen guten Grund, auf Miss … auf Hilary sauer zu sein. Und vergiss nicht, dass du meine liebe Kollegin Judy-Ann immer ›die Nase‹ genannt hast, wenn wir über sie geredet haben.«

Nach einer kurzen Pause musste er eingestehen: »Ja, du hast recht, Nathalie. Gut, also dann … dann wäre das ja geklärt. Nathalie, ich möchte dir für dein Okay danken.«

»Kein Problem«, versicherte sie ihm und meinte es auch so. »Ich wünsche euch einen guten Flug und ein paar schöne Tage da unten. Ach ja … und … ähm … frohe Weihnachten, Glenn!«

»Dir auch frohe Weihnachten, Nathalie!«

Sie legte auf, bevor die nächste verlegene Pause entstehen konnte. Diesen Anruf musste sie erst mal verarbeiten. Ihr Ex wollte von ihr grünes Licht bekommen, damit er mit seiner neuen Flamme einen Liebesurlaub antreten konnte, der eigentlich für sie beide gedacht gewesen war. Dass Glenn sie auch so viele Monate nach der Trennung immer noch in Erstaunen versetzen konnte, hieß eigentlich nichts anderes, als dass sie ihn nie richtig gekannt hatte. Ob es daran lag, dass er in der gemeinsamen Zeit diese Seiten an sich nicht offenbart hatte, oder ob sie sie einfach nicht zur Kenntnis genommen hatte, vermochte Nathalie rückblickend nicht zu sagen. »Hoffentlich kommt er nicht auch noch auf die Idee, mich zur Patentante seines Erstgeborenen zu machen«, murmelte sie und starrte einen Moment lang vor sich hin.

Plötzlich wurde ihr ein fester Gegenstand in den Rücken gedrückt, und eine Männerstimme raunte ihr ins Ohr: »Keinen Mucks, Kleine! Gib mir die Kasse, und dir wird nichts passieren.«

Fünftes Kapitel, in dem Nathalie überraschenden Besuch erhält, der sich anschließend rarmacht

Ihren Reflex, nach hinten auszutreten und den Angreifer so empfindlich zu treffen, dass er zu Boden ging, konnte Nathalie nur aus zwei Gründen unterdrücken. Zum einen war da der amüsierte Ausdruck auf Louise' Miene, die sich durch die Durchreiche gebeugt hatte und in ihre Richtung sah. Zum anderen kannte sie niemanden, der Michael Caine so gut imitieren konnte wie … ihr Vater.

»Dad, damit macht man keine Scherze«, sagte sie, ohne sich umzudrehen.

»Michael Caine hat mich verraten, wie?«

»Allerdings.«

»Und … ähm … wie … ähm … wie wär's, wenn ich … wenn ich gesagt hätte: ›Keinen … keinen Mucks, Kleine. Gib mir … gib mir die Kasse, und … ähm … dir wird nichts … ähm … passieren‹«, versuchte er einen erneuten Anlauf.

»Dann wäre ich zwar nicht direkt auf dich gekommen, Dad, aber ich hätte auch nicht geglaubt, dass Hugh Grant allen Ernstes versucht, meinen Pub auszurauben. So verzweifelt ist der sicher nicht.« Sie drehte sich um und sah freudig lächelnd ihren Vater an. »Dad, was machst du denn hier?«

»Ich wollte deiner Mutter zeigen, wo du jetzt lebst.«

»Mum …?« Sie blickte sich suchend um, dann entdeckte sie ihre Mutter, die lächelte, aber auch den Kopf schüttelte. Je älter Nathalie wurde, desto ähnlicher sah sie ihrer Mutter. Das gleiche Lächeln und die gleiche Mimik machten sie zu einem jüngeren Ebenbild ihrer Mutter, was ihr in früheren Jahren nie so vorgekommen war, auch wenn andere schon immer auf eine Ähnlichkeit hingewiesen hatten, die sie beide eher wie Schwestern erscheinen ließ. Dass der Altersunterschied in Wahrheit doch etwas größer war, verrieten lediglich die vereinzelten grauen Strähnen, die das dunkelblonde, zu einem lockeren Pferdeschwanz zusammengebundene Haar ihrer Mutter durchzogen. Von Falten war ihr so gut wie nichts anzusehen.

Anders bei ihrem Vater, doch bei ihm waren es allesamt Lachfalten, die er schon hatte, solange Nathalie zurückdenken konnte. Überhaupt hatte er sich in all den Jahren kaum verändert. Sein fast schwarzes Haar war ein wenig angegraut, aber so licht wie jetzt war es früher auch gewesen. Von ihm hatte sie eigentlich nur die Augenfarbe geerbt – und den Sinn für Humor, der ihre Mutter schon oft genug in den Wahnsinn getrieben hatte.

Nathalie umarmte ihren Vater, dann lief sie an ihm vorbei zur anderen Seite der Theke und fiel ihrer Mutter um den Hals.

»Ich habe deinem Dad gleich gesagt, dass diese ›Geld her‹-Nummer nicht witzig ist«, stellte sie sich prompt auf die Seite ihrer Tochter.

»Dad kann froh sein, dass mir Louise noch nicht alle Tricks in Sachen Selbstverteidigung beigebracht hat«, erwiderte Nathalie. »Sonst hätte er jetzt eine ausgekugelte Schulter oder ein paar gebrochene Rippen.«

»Siehst du, Robin?«, sagte ihre Mutter in mahnendem Tonfall. »Das ist nicht nur nicht witzig, sondern auch noch gefährlich.«

»Ach, ist doch alles halb so wild, Schatz«, wehrte er ab und grinste in die Runde. »Schließlich ist niemand zu Schaden gekommen. Außerdem hätte unsere Tochter mich unmöglich für einen Räuber gehalten. Hier auf dem Land passiert so was nicht. Hier passiert eigentlich gar nichts.«

Nathalie warf Louise einen flüchtigen Blick zu und zog eine Augenbraue hoch, was von ihrer Köchin mit einem wissenden Grinsen beantwortet wurde. Bislang hatte sie ihren Eltern nicht von den vielen Verbrechen erzählt, mit denen sie seit ihrem Umzug nach Earlsraven konfrontiert worden war. Sie wusste, ihre Mutter würde sonst krank vor Sorge und ihrem Vater damit so beharrlich in den Ohren liegen, dass der irgendwann anfangen würde, auf Nathalie einzureden, dass sie doch besser diesem gefährlichen Pflaster den Rücken kehrte und heimkam. Solange keine Liverpooler Zeitung von irgendeinem Verbrechen berichtete, das sich hier ereignet hatte, war Earlsraven offiziell die friedlichste Stadt des gesamten Vereinigten Königreichs. *Schon gut, dass wir den Toten im Schneemann bereits entdeckt haben und er nicht erst jetzt zum Vorschein kommt,* überlegte sie.

»Jetzt verratet doch endlich mal, was ihr hier macht und wieso ihr so ganz ohne Vorankündigung auftaucht«, forderte Nathalie ihre Eltern auf. »Und wie lange wollt ihr … oh nein, wir haben kein Zimmer mehr frei! Das Black Feather ist bis Weihnachten ausgebucht.«

Sie hob hilflos die Schultern. »Ihr müsst bei mir schlafen. Ich nehme dann die Couch.« Sie seufzte frustriert. »Hättet ihr Bescheid gesagt ...«

»Das haben wir«, versicherte Dad ihr. »Und du musst nicht auf der Couch schlafen. Wir nehmen die Suite.«

»Die Suite könnt ihr nicht nehmen, die ist seit Wochen reserviert, Dad«, widersprach Nathalie ihm und kehrte hinter die Theke zurück. Dann rief sie am Computer den Belegungsplan auf. »Wo haben wir's? Da. Die Suite. Heute ab zwanzig Uhr reserviert für Mr und Mrs Mick...Micklewhite?« Mit gespielt mürrischer Miene sah sie ihren Vater an, der kaum noch ernst bleiben konnte. »Ernsthaft, Dad? Du reservierst unter Michael Caines echtem Namen?«

»Na ja, deine Mitarbeiterin hat sich bei dem Namen nichts gedacht«, erwiderte er amüsiert. »Ich habe angenommen, dass du dir bestimmt nicht die Namen der angekündigten Gäste ansiehst, und wenn ich uns nicht als Mr und Mrs Ames anmelde, kommt auch niemand auf die Idee, dich auf die Namensgleichheit hinzuweisen.« Er legte einen Arm um ihre Schultern. »Außerdem reserviere ich oft unter diesem Namen, wie du weißt.«

Nathalie lächelte versonnen. »Oh ja, das weiß ich. Und die Leute geben dir immer den besten Tisch, weil sie denken, der echte Mr Micklewhite kommt zu Besuch.«

Er zuckte lässig mit den Schultern. »Was kann ich dafür, was andere Leute denken?«

»Egal, jetzt verratet mir doch endlich mal, wieso ihr hier seid. Was ist mit dem Reisebüro, wenn ihr die nächsten ...« Sie sah auf den Monitor. »... zwei Nächte hier verbringt? Dann seid ihr frühestens Dienstagmittag wieder zu Hause.«

»Alles kein Problem«, sagte Juliet Ames und lehnte

sich auf die Theke. »Tess Lidyard vertritt uns bis zum zweiten Januar. Sie hat im Reisebüro gelernt und kennt sich aus.«

»Tess? Na, bei ihr seid ihr wirklich in guten Hä…« Abrupt unterbrach sie sich. »Bis zum zweiten Januar? Ihr habt die Suite bis übermorgen, und übermorgen ist der achtzehnte Dezember. Was ist zwischen dem achtzehnten Dezember und dem zweiten Januar?«

»Ach, das haben wir dir ja noch gar nicht erzählt!«, antwortete ihr Dad und hielt sich eine Hand vor den Mund, um so zu tun, als wäre ihm diese Nachlässigkeit unangenehm.

»Wir haben in diesem Jahr mehr Flüge zu weiter entfernten Zielen verkauft als jedes andere Reisebüro im Land«, erklärte ihre Mutter. »Sowohl im Geschäft als auch online.«

»Natürlich kommen wir nicht mal ansatzweise an die Flugmeilen heran, die von den nur im Internet existierenden Büros erreicht werden«, warf ihr Vater erklärend ein. »Aber der Dachverband unterscheidet da wenigstens noch, und deswegen werden wir mit zwei Wochen Urlaub auf Hawaii belohnt.«

»Zwei Wochen? Hawaii?«, brachte Nathalie ungläubig heraus. »Ihr beide?« Dann brach sie in lauten Jubel aus und fiel abwechselnd ihrem Vater und ihrer Mutter um den Hals.

Als wieder Ruhe eingekehrt war und Nathalie dastand und ihre Eltern strahlend anlächelte, erklärte ihre Mutter: »Eigentlich wollten wir dich über Weihnachten besuchen, doch da ist uns diese Reise dazwischengekommen. Also dachten wir, wir verlegen den Besuch um ein paar Tage vor.«

»Die Überraschung ist euch wirklich gelungen«, musste Nathalie zugeben. Plötzlich stutzte sie. »Davon hat hier keiner was gewusst?«

Ihr Vater räusperte sich und sah Nathalies Mutter an, die schaute vor sich auf die Theke. Nathalie nickte und drehte sich zu Louise um, die immer noch von der Durchreiche aus die Begegnung mitverfolgte. »Du hast das gewusst, nicht wahr?«

»Uns trifft keine Schuld«, sagte ihr Vater sofort. »Wir wollten wirklich nicht, dass jemand es weiß und dir die ganze Zeit über vormachen muss, keine Ahnung zu haben.«

»Louise?«, fragte Nathalie gedehnt.

»Ich habe dichtgehalten«, stellte ihre Köchin sofort klar. »Mit dem Namen hat es auch nichts zu tun gehabt, aber wenn jemand die Suite reserviert, rufe ich grundsätzlich zurück, um mich zu vergewissern, dass sich niemand einen Scherz erlaubt.« Sie zuckte mit den Schultern. »Doch ich habe ja den Mund gehalten.«

»Danke, Louise, das war wirklich nett von Ihnen«, rief Robin Ames ihr zu.

»Ja, Louise, das war es«, bekräftigte Nathalie und zwinkerte ihr zu, dann wandte sie sich wieder ihren Eltern zu. »Gut, jetzt werde ich euch erst mal eure Suite zeigen, und danach werden wir zu Abend essen, Mr und Mrs *Micklewhite!*«

Es war ein langer Abend geworden, den Nathalie mit ihren Eltern im Pub verbrachte. Eigentlich hatte sie vorgehabt, sich mit ihnen nach dem Essen in ihre Wohnung zurückzuziehen, um sich ungestört unterhalten zu können, so wie sie es auch gemacht hatten, als sie noch in Liverpool gewohnt hatte. Doch nachdem ihre Mum darauf bestanden hatte, dass sich Louise zu ihnen an den Tisch setzte, waren sie zunächst zu viert gewesen. Dann kam Ronald vorbei, dessen

Laune sich wieder gebessert hatte, auch wenn es noch keine neuen Erkenntnisse zu dem unbekannten Toten und dem Unfallfahrzeug gab.

»Setzen Sie sich zu uns«, forderte ihr Dad den Constable prompt auf, was Ronald sich nicht zweimal sagen ließ.

Als lebten sie alle in einer Zeit, in der noch nicht einmal die Zeitung erfunden war und man gebannt darauf wartete, dass sich ein Städter mit Neuigkeiten aus der großen, weiten Welt ins Dorf verirrte, fanden sich immer mehr von Nathalies Stammgästen im Pub ein, begrüßten sie und wurden von ihren Eltern und den anderen am Tisch eingeladen, sich dazuzusetzen. Schließlich musste ein zweiter Tisch herangezogen werden, damit alle einen Sitzplatz hatten.

Es war vor allem ihr Dad, der mit Anekdoten aus dem Reisebüro die anderen am Tisch unterhielt, doch genauso hörte er auch interessiert zu, wenn ein anderer etwas erzählte. Zum Glück brachte keiner von ihnen die diversen Verbrechen zur Sprache, von denen Earlsraven in letzter Zeit immer wieder heimgesucht worden war. Aber vor allem war Nathalie Louise dafür dankbar, dass die immer dann geschickt das Thema wechselte, wenn sie merkte, dass Mum im Begriff war, eine der peinlichen Episoden aus Nathalies Kindheit auszuplaudern.

Irgendwann nach ein Uhr in der Nacht, als der Pub bereits offiziell geschlossen hatte, zog sich Nathalie todmüde in ihre Wohnung zurück, während ihre Eltern noch mit den anderen Gästen redeten und lachten. Am Morgen würde sie mit ihren Eltern einen Spaziergang durch Earlsraven unternehmen, und dann würde sie auch endlich die nötige Ruhe haben, um sich mit ihnen zu unterhalten.

Als sie am Morgen an der Suite anklopfte, reagierte

niemand. Da sie nicht vorhatte, so gegen die Tür zu hämmern, dass sie Mum und Dad aus dem Schlaf riss, ging sie wieder nach unten. Schließlich war es erst halb acht, und sie konnten auch noch um halb neun gemeinsam frühstücken. Danach war immer noch Zeit genug, um ins Dorf zu gehen und ihnen Earlsraven zu zeigen.

Sie betrat den Pub und traute ihren Augen nicht. Aus dem einzelnen Tisch, an den sie sich am Abend mit ihren Eltern gesetzt hatte, waren insgesamt vier Tische geworden, auf denen sich benutzte Teller stapelten und Gläser drängten, die nicht alle bis zum letzten Schluck ausgetrunken waren. Nathalie überflog die Anzahl der Gläser, sah sich an, welche Gerichte sich, nach den Resten zu urteilen, auf den Tellern befunden haben mussten. Kopfschüttelnd ging sie hinter die Theke und schaltete die Registrierkasse ein. Sie tippte ihren Code ein und ließ sich das Journal anzeigen. »22 Uhr 53«, murmelte sie, als sie sah, wann der letzte Kassiervorgang stattgefunden hatte. »Hm«, machte sie, suchte in der Kasse und links und rechts davon vergeblich nach einem Zettel, auf dem vermerkt stand, was alles an den Tisch ihrer Eltern gebracht worden war.

Sie hielt inne, als sie Schritte hörte, und einen Augenblick später kam Louise aus dem Flur in den Pub. »Oh, du bist schon auf?«, fragte sie erstaunt, als sie Nathalie hinter der Theke stehen sah.

»Ja«, gab sie zurück. »Und du bist … *noch* auf?«, erwiderte sie, als ihr auffiel, dass ihre Köchin dasselbe trug wie am Abend zuvor.

Louise winkte ab. »Um halb fünf sind die Letzten gegangen, und da hatte ich weder Lust, für die paar Stunden nach Hause zu fahren, noch, die Tische abzuräumen und alles in die Küche zu schaffen. Ich dachte mir, ich schlafe ein paar Stunden auf dem Feldbett im Personalraum und schaffe dann ganz früh Ordnung.«

»*Das* stört mich nicht, Louise«, erwiderte sie. »Solange alles aufgeräumt und ordentlich ist, wenn die ersten Gäste kommen, ist es mir egal, wer wann aufräumt und putzt. Mich stört allerdings, dass ich nirgendwo einen Zettel finde, was alles am Tisch meiner Eltern verzehrt worden ist. Ich dachte, der würde in der Kasse liegen, doch dort war Fehlanzeige.«

»Das habe ich nebenbei notiert.« Louise kramte in ihrer Hosentasche. »Hier, ich habe eine Strichliste geführt, wer was getrunken hat, und da unten ist aufgelistet, welche Essen rausgegangen sind.«

»Danke!« Nathalie nahm den Zettel an sich und überflog die Strichliste. »Du lieber Himmel, haben da etwa die alten Römer eine Orgie gefeiert? Das sind bestimmt … warte mal … neunzig … das müssen über hundert Glas Bier sein. Und zwanzig oder fünfundzwanzig Essen! Sag mal, war das halbe Dorf hier?«

Die Köchin nickte. »So ungefähr. Außerdem trinkt wohl jeder automatisch die doppelte Menge Bier, wenn es ihn nichts kostet. Ich habe ein paarmal versucht, Robin und Juliet … ich meinte, ich habe versucht, deine Eltern zu bremsen und nicht jeden, der ihnen Guten Tag sagt und der den Vornamen ihrer Tochter kennt, an den Tisch zu bitten und auf ein oder zwei oder auch vier Bier einzuladen. Aber dein Vater war praktisch nicht aufzuhalten. Ich habe zumindest ein paar Lastwagenfahrer zum Teufel geschickt, die ich hier noch nie gesehen hatte. Dummerweise haben sie zuerst mich gefragt, was man denn tun müsse, um den ›Leutchen‹ da ein Bier abzuschwatzen. Die waren schon wieder auf dem Weg zu ihren Lastwagen, noch bevor ich fertig war, ihnen die Meinung zu sagen.«

Nathalie musste lachen. »Ja, das kann ich mir vorstellen. Okay, mit dem Zettel werde ich zurechtkommen. Da ist jetzt auch alles drauf?«

»Da ist alles drauf«, bestätigte die Köchin. »Was wirst du damit machen?«

»Zusammenrechnen und dann meinem Vater auf die Rechnung für das Zimmer setzen.«

Louise sah sie verdutzt an. »Ist das dein Ernst?«

Nathalie nickte nachdrücklich, dann zwinkerte sie ihrer Köchin zu. »Ich möchte nicht das Geld von ihm zurückbekommen, doch er soll zumindest wissen, was der Spaß gekostet hat. Er soll ja bloß einen kleinen Schreck kriegen. Mein Dad hat die Angewohnheit, erst zu nehmen und dann zu fragen. Er hat für Mum und sich das teuerste Zimmer reservieren lassen, das wir haben, obwohl die beiden bei mir hätten schlafen können. Und im Pub hat er gestern Abend eine Runde nach der anderen ausgegeben, ohne sich bei mir rückzuversichern, ob das okay ist.« Sie deutete auf den Zettel. »Ich rechne das mal schnell zusammen, um ihn daran zu erinnern, was mich seine Großzügigkeit kostet, und dann gehe ich rauf und trommle sie aus dem Schlaf. Immerhin hat mich das Gelächter aus dem Pub noch lange genug wach gehalten.«

»Du kannst das zusammenrechnen«, sagte Louise und verzog den Mund, als hätte sie eine schlechte Nachricht zu überbringen, »aber den Weg nach oben kannst du dir sparen. Deine Eltern sind heute Morgen um kurz vor sieben von Jim Woolley abgeholt worden.«

»Du meinst Hühnchen-Jim?«, fragte sie verdutzt. Als ihre Köchin nickte, hakte Nathalie nach: »Warum holt Jim meine Eltern morgens um sieben ab?«

»Weil er ihnen seinen Geflügelhof zeigen will«, antwortete Louise. »Jim war gestern Abend auch hier …«

»… und durfte gratis auf das Wohl meiner Eltern anstoßen, richtig?«

»Genau, und deshalb hat er ihnen angeboten, sie über seinen Hof zu führen.« Louise machte eine hilflose Geste. »Ich habe versucht, es deinem Vater auszureden, weil ich mir vorstellen kann, dass du gern etwas Zeit allein mit ihnen verbringen würdest. Doch sie waren beide so angetan von diesem Vorschlag, da hat alles Reden nichts genützt.«

Nathalie setzte ein schiefes Lächeln auf. »Danke, dass du es zumindest versucht hast. Na ja, dann werden wir eben gemeinsam zu Mittag essen. Aber in meiner Wohnung, wo sich nicht das halbe Dorf dazusetzen kann.«

Mit einem großen Tablett ging Louise zu den Tischen, um Gläser und Teller einzusammeln und in die Küche zu bringen. »An deiner Stelle würde ich mir keine allzu großen Hoffnungen machen«, sagte sie.

»Wieso? Weißt du was? Hast du was gehört? Sind sie mit noch jemandem verabredet?«, wollte Nathalie wissen.

»Nicht, dass ich wüsste«, antwortete die Köchin. »Aber Jim Woolley hat ihnen so von den Hähnchenfilets vorgeschwärmt, die er auf allen Märkten in der Umgebung verkauft, da kann ich mir gut vorstellen, dass er ihnen nach der Besichtigung noch zwei Filets serviert.«

Nathalie musste sich schütteln. »Ich habe schon so nicht viel für Fleisch übrig, auch wenn ich ab und zu was esse. Doch ich könnte mir nicht jetzt auf einem Bauernhof ein Huhn oder ein Schwein ansehen, das da über den Hof läuft, und mir gleich darauf ein Schnitzel schmecken lassen, das genau von dem Tier stammen könnte.«

»Könnte ich auch nicht, obwohl ich jeden Tag damit zu tun habe«, stimmte Louise ihr zu.

Nathalie lächelte sie an und nickte erfreut, während sie sich darauf einstellte, ihre Eltern erst nach der Mittagszeit wieder hier im Pub oder in ihrer Suite anzutreffen.

Als es gegen elf Uhr an ihrer Bürotür klopfte, dachte Nathalie im ersten Moment, dass ihre Eltern früher zurückgekommen sein könnten. »Ja«, rief sie. Die Tür ging auf, und Constable Strutner kam herein, dicht gefolgt von Louise.

»Morgen, Nathalie!«, grüßte er sie fast ungehalten und nahm auf einem der beiden Stühle vor ihrem Schreibtisch Platz.

»Guten Morgen, Ronald!« Sie warf Louise einen fragenden Blick zu, aber die zuckte nur mit den Schultern und zog dabei eine Miene, die klarmachte, dass sie selbst keine Ahnung hatte, was nun wieder los war. »Ich nehme an, du hast keine erfreulichen Neuigkeiten.«

»Kann man so sagen«, gab Ronald zurück und schüttelte den Kopf. »Es gibt drei Händler, die in England exklusiv Maserati verkaufen. Keiner von ihnen hat einen lila Quattroporte V ausgeliefert, und es hat auch niemand ein solches Modell bei einem der drei Händler umlackieren lassen. Ein Baujahr 2017 muss erst 2019 zur Wartung in die Werkstatt gebracht werden, und dann erst würde man wissen, ob der ursprünglich anders lackierte Wagen auf einmal lila ist. Eigentlich würde man diese Lackierarbeiten in der Werkstatt des Händlers ausführen lassen, um die Garantie gegen Durchrosten zu behalten, aber andererseits …«

»… wer das Geld für so einen Wagen übrig hat, dem dürfte die Garantie auch egal sein«, warf Louise ein.

»Eben«, stimmte der Constable ihr zu. »Ich weiß nicht, wie viele Autolackierereien es bei uns genau gibt, doch es dürften zu viele sein, um sie alle anzurufen. Ganz zu schweigen davon, dass das irgendwo unter der Hand erledigt worden sein könnte, weil der Eigentümer doch gern ein paar Pfund spart. Dann bekommen wir ohnehin von niemandem eine Auskunft. Außerdem könnte die Werkstatt inzwischen zugemacht haben, oder aber der Fahrer hat den Wagen in der heimischen Garage selbst umgespritzt, weil er das kann und weil ihm das Spaß macht.«

Nathalie legte den Stift zur Seite und fuhr sich mit beiden Händen durchs Haar. Sie seufzte frustriert. »Das Ganze wird noch aussichtsloser, wenn du zwei weitere Möglichkeiten ins Spiel bringst. Der Wagen könnte irgendwo in Frankreich oder Deutschland oder Polen oder sonst wo lackiert worden sein, weil es da noch viel billiger geht. Oder vielleicht beim letzten Urlaub in Monaco, weil es die Trendfarbe ist. Oder derjenige hat den Wagen in einem anderen Land mit Linksverkehr gekauft und mitgebracht, dann weiß auch kein Händler in England etwas von seiner Existenz.«

Der Constable gab ein mürrisches Knurren von sich und nickte zustimmend. »Damit haben wir einen Toten, von dem wir nicht wissen, wer er ist, der von einem Wagen gerammt wurde, von dem wir zwar Typ und Farbe kennen, aber trotzdem keine Ahnung haben, wem er gehört.« Er schüttelte den Kopf. »Wir haben einfach keinen Ansatz, um irgendjemanden zu befragen oder irgendwelche Räume zu durchsuchen, damit wir weitere Hinweise zusammentragen können und auf Verdächtige stoßen.«

»So kommen wir nicht weiter«, sagte Louise entschieden und zog ihr Smartphone aus der Tasche, dann wählte sie eine Nummer.

»Wen rufst du an?«, fragte Ronald ein wenig irritiert, wohl weil er erwartet hatte, dass sie einen möglichen Plan erst mit ihm abstimmen würde.

Louise hob eine Hand, damit er ruhig war. »Hallo, du weißt, wer hier ist«, begann sie und lachte über die Antwort, die nur sie hören konnte. »Du musst mir einen Gefallen tun … Natürlich habe ich noch einen bei dir gut. Mehr als einen … Was denn? Hast du Tasmanien schon vergessen?« Sie nickte amüsiert. »Eben. Gegen mein Gedächtnis kommst du sowieso nicht an … Richtig, also dann schreib bitte mit! Wir sind auf der Suche nach dem Fahrer eines lila Maserati Quattroporte … Ja, der sieht aus wie eine platt gehauene Limousine … Der Wagen war zwischen kurz vor zwölf am Freitagabend und kurz nach zwölf am Samstagmorgen auf der Schnellstraße bei Earlsraven unterwegs, mutmaßliches Fahrtziel London … Ja, ein Tötungsdelikt … Wir müssen wissen, wo der Wagen hingefahren ist. Wenn er nach London gefahren ist, dann hast du doch die Möglichkeit, den Weg nachzuvollziehen und den Wagen bis zu seinem Fahrtziel zu verfolgen … Ja, das war die Nacht, in der es überall heftig geschneit hat …« Eine Weile saß sie da und hörte aufmerksam zu, was ihr Gesprächspartner zu sagen hatte. Schließlich fragte sie erstaunt: »Terrorverdacht? Woher soll ich wi… Ja, ganz genau, es könnte mit Terroristen in Verbindung stehen … Nein, nein, es ist nur ein Verdacht. Wenn wir wissen, wohin er gefahren ist, kann ich dazu mehr sagen … Ja, richtig. Gut, ich notiere das nur …« Sie sah auf die Uhr. »Das dürfte reichen … Es *muss* reichen? … Okay, dann schalte mich in zehn Minuten frei.« Sie wollte sich eben bedanken, da begann ihr Gesprächspartner erneut, irgendetwas recht ausschweifend zu erklären. Als er fertig war, hatte das so viel Zeit gekostet, dass die erwähnten zehn Minuten fast schon verstrichen waren. »Alles klar, werde ich machen. Ich danke dir … Was? Deswegen sind wir doch nicht auf einmal quitt.« Wieder lachte sie. »Ja, Tasmanien kannst du jetzt als abgegolten von deiner Liste streichen. Wir sprechen uns.« Sie legte auf und steckte das Telefon weg, dann zeigte sie auf den Stuhl, auf dem Nathalie saß. »Da muss ich hin, weil ich an deinen Computer ranmuss.«

Nathalie stand auf und machte einen Schritt zur Seite. »Darf man fragen, mit wem du telefoniert hast?«

»Mit jemandem, den ich von früher kenne.« Louise grinste spitzbübisch.

Daraufhin schüttelte Ronald den Kopf und fing an zu lachen. »Wenn ich nicht miterleben würde, dass solche Telefonate zu Resultaten führen, würde ich Louise vermutlich kein Wort davon glauben, dass sie früher mal als Agentin gearbeitet hat«, sagte er und nickte ihr anerkennend zu. »Diese Frau ist so darauf gedrillt, um das Thema herumzureden, dass es mir noch nie gelungen ist, sie mit einer Fangfrage zu einer konkreten Antwort zu veranlassen. Man könnte wirklich meinen, das ist alles nur erfunden, um andere zu beeindrucken, doch wie gesagt: Was dabei herauskommt, wenn sie jemanden um einen ›Gefallen‹ bittet, hat immer Hand und Fuß.«

»So, ihr zwei habt jetzt genug über mich spekuliert«, ging die Köchin belustigt dazwischen. »Ich warne euch. Je mehr ihr über mich herausfinden wollt, desto weniger verrate ich. Aber jetzt ernsthaft: Mein Kontakt hat mir ein vorübergehend gültiges Passwort gegeben, mit dem ich für drei Stunden auf die archivierten Aufnahmen aller öffentlichen Überwachungskameras zugreifen kann.«

»Du willst den Maserati wiederfinden?«, fragte Ronald verwundert. »Wo willst du denn damit anfangen?«

»An der Stelle, an der er vorbeifahren muss, wenn er von hier kommt«, erklärte sie. »Nämlich da, wo sich die M4 und die M25 kreuzen. Es ist egal, ob er nach London will oder Richtung Norden – wenn er auf der Autobahn unterwegs war, muss er diese Stelle passiert haben.«

»Und wenn er vorher abgebogen ist, um nicht von den Kameras erfasst zu werden?«, wandte Ronald ein.

Louise hob den Kopf. »Mal ehrlich, Ronald. Glaubst du, jemand, der einen Toten in einem Schneemann versteckt, ist so intelligent, dass er weiß, welche Kameras er umfahren muss, um nicht gesehen zu werden?« Sie machte eine abweisende Geste. »Ganz sicher nicht, und du darfst nicht vergessen, dass es in der Nacht geschneit hat. Wer würde freiwillig auf eine kleine Nebenstrecke ausweichen, wenn er weiß, dass da weder geräumt noch Salz gestreut wird?«

Der Constable stützte sich mit einem Ellbogen auf der Armlehne seines Stuhls ab und ließ das Kinn auf die geballte Faust sinken. »Hm, ja, irgendwie hast du recht«, murmelte er dann.

»So, ich habe die Kamera gefunden, ich gehe jetzt ins Archiv und lasse die Aufnahme vom Freitagabend ab elf Uhr laufen, nachdem der Pub geschlossen war. Ihr müsst beide mit aufpassen, damit wir ihn ja nicht übersehen.«

»Bin schon da«, sagte Ronald und kam um den Tisch herum. Zusammen mit Nathalie stand er über Louise gebeugt da, um den Monitor zu beobachten.

»Müssen wir ein oder zwei Stunden lang die Aufnahme laufen lassen, bis wir ›unseren‹ Wagen gefunden haben?«, wollte Nathalie wissen. »Oder gibt es da so etwas wie einen Schnellvorlauf?«

»Es gibt noch etwas viel Besseres«, entgegnete Louise, während sie gezielt einige Menüpunkte anklickte. Dann erklärte sie: »Ich kann das auf Standbildmodus umstellen, dann bekommen wir nur den Moment zu sehen, in dem das Kennzeichen erfasst wurde.«

»Hast du das auch schon umgestellt?«, hakte Nathalie nach.

»Längst geschehen.« Sie klickte ein *Okay* an und startete die Wiedergabe. »Ich habe das Standbild erst mal auf fünf Sekunden eingestellt. Klingt nicht viel, aber das ist eigentlich mehr als das Doppelte der Zeit, die man normalerweise braucht, um ein Bild zu erfassen.«

Die ersten Bilder wurden angezeigt. Und nach nicht einmal drei Minuten rief Nathalie: »Halt!«

Sechstes Kapitel, in dem die Schneemannbauer enttarnt werden

»Das ist der Wagen!«, rief Nathalie aufgeregt. »Wir haben ihn!«

Louise kopierte das Bild und vergrößerte es, um den Sportwagen genauer betrachten zu können.

»Tatsächlich. Ein lila Maserati. Und da ist der Dreizack«, bestätigte der Constable. »Geht das noch etwas größer? So ist es gut. Da, seht euch das an: die Beule mitten auf der Haube, genau da, wo das Opfer mit dem Kopf aufgeschlagen sein muss. Und der Stoßfänger ist exakt auf Höhe des Dreizacks geborsten. Also, wo er mit den Beinen des Mannes kollidiert ist.«

»Und vom Nummernschild fehlt eine große Ecke«, stellte Louise fest. »Also ist kein Zweifel möglich. Das ist der Wagen, und das da« – sie zeigte auf eine andere Stelle – »ist der Fahrer mit drei Begleitern.«

»Der scheint ja nicht mal zwanzig zu sein. Ist bestimmt Daddys Wagen. Also, diese Kameras liefern ja ein unglaubliches Bild«, staunte Nathalie. »Ich dachte, das Bild wäre viel gröber. Aber dass man solche Details erkennen kann …«

»Das liegt auch daran, dass die Autobahn in dem Bereich nachts beleuchtet ist«, erläuterte Louise. »Später in der Nacht würden die Kameras auch kein Bild liefern. Es geht ja in erster Linie darum, die Kennzeichen zu erfassen, um die Citymaut zu kassieren. Aber die Bilder sind schon verdammt gut. Fürs Fernsehen werden solche Aufnahmen mit einem gröberen Raster unterlegt, damit sie nicht so gestochen scharf sind.«

»Warum denn das?« Nathalie schaute noch immer fasziniert auf den Monitor. »Ich sehe da stets nur völlig verschwommene Fahndungsfotos und würde nie die Leute erkennen, die gesucht werden.«

»Na ja, die Menschen haben sich zwar daran gewöhnt, dass sie in London keinen Schritt mehr tun können, ohne von einer Kamera erfasst zu werden«, warf der Constable ein. »Aber es wird befürchtet, dass sich allen Sicherheitsaspekten zum Trotz Widerstand regen könnte, wenn die Leute erfahren, dass man ihre Einkaufszettel mitlesen kann, während sie auf den nächsten Bus warten.«

»Ruhe, ihr zwei«, ging Louise nicht ganz ernst gemeint dazwischen. »Ich muss mich konzentrieren. Ich will jetzt schließlich zaubern. Also aufpassen.« Sie tippte das Kennzeichen des Maserati in eine Suchmaske am oberen Bildrand ein. »Wenn unser Noch-Unbekannter nicht vor der nächsten Kamera in den Graben gerutscht ist, werden wir in ein paar Augenblicken wissen, wohin er mit seinen Freunden gefahren ist.« Sie tippte auf die Enter-Taste, das System begann zu arbeiten … und war auch schon fertig.

»Exakt 0,974 Sekunden?«, las Nathalie beeindruckt die angezeigte Suchzeit vor. »Himmel! Ich bin mit Computern aufgewachsen, aber so was kann mich immer noch in blankes Erstaunen versetzen.«

»Und ich bin mit Computern aufgewachsen, die so groß wie Schränke waren«, erwiderte Louise amüsiert. »Was glaubst du, was ich für Augen gemacht habe, als ich zum ersten Mal einen Laptop gesehen habe! Was im Übrigen gut zehn Jahre vor dem öffentlichen Verkaufsstart war«, merkte sie wie beiläufig an.

»Zehn Jahre? Wie soll das gehen?«, fragte Nathalie. »Welcher Computerhersteller baut einen Laptop, mit dem sich Millionen verdienen lassen, wenn er ihn dann nicht verkaufen kann?«

»Weil solche Geräte vom Militär und von den Geheimdiensten erst einmal gründlich getestet werden, um herauszufinden, wozu sie in der Lage sind«, erklärte Louise und zeigte wieder auf den Bildschirm. »Zurück zum Thema, mir läuft nämlich die Zeit davon.«

Auf dem Monitor war nun der Stadtplan von London zu sehen, durch den sich eine rote Linie schlängelte – die Strecke, die der Maserati-Fahrer in der Nacht zum Samstag innerhalb der Stadt zurückgelegt hatte. Die Linie war von kleinen weißen Punkten gesäumt, von denen jeder für eine der Kameras stand, die das fragliche Kennzeichen erfasst hatten.

»Warum ist er kreuz und quer gefahren?«, wunderte sich Strutner. »Wenn er, von hier kommend, nach Kensington musste, hätte er die Goldhawk Road nehmen können. Da hätte er bestimmt bis zu einer Stunde einsparen können.«

»Ganz einfach«, sagte Nathalie. »Ich würde darauf tippen, dass er erst seine drei Begleiter abgesetzt hat, bevor er nach Hause gefahren ist. Seht mal, das sind genau drei Schlenker, die keinen anderen Sinn ergeben.« Sie zeigte auf die Stellen. »Da wendet er, als hätte er auf dieser Seite jemanden aus dem Wagen aussteigen lassen. Dort fährt er einmal um den Block, wahrscheinlich weil er in einer Einbahnstraße unterwegs war. Und da … da wird er den letzten Mitfahrer irgendwo auf diesem Abschnitt rausgelassen haben, um dann von dort auf den Westway abzubiegen, der ihn auf schnellstem Weg nach Kensington geführt hat. Und da vorn hat er den Wagen schließlich abgestellt, weil er dann zu Hause angekommen war.«

Es klopfte an der Tür, Jackie kam herein, eine der Bedienungen im Café. »Tut mir leid, wenn ich störe, Miss Ames. Aber Ihre Eltern lassen ausrichten, dass sie jetzt wieder da sind.«

»Oh! Okay, Jackie, sagen Sie ihnen bitte, dass ich in zehn Minuten bei ihnen bin. Ich habe im Moment etwas Dringendes zu erledigen.«

»Alles klar.« Die junge Frau verließ das Büro, während Nathalie irritiert den Kopf schüttelte.

»Willst du erst mal zu ihnen gehen?«, fragte Louise.

Nathalie hob abwehrend die Hände. »Nein, wir hatten uns für heute Vormittag etwas vorgenommen, doch die beiden haben sich lieber Hühner angesehen, und jetzt habe ich keine Zeit. Schließlich hast du ein klares Zeitfenster, das du einhalten musst.«

Louise klickte die Kameras an, die am wahrscheinlichsten den Wagen so erfasst hatten, dass man sehen konnte, wer ausgestiegen war und wohin er dann gegangen war. »Wow, mit dem System könnte ich mich den ganzen Tag befassen. Seht euch das an! Jetzt bekommen wir von jeder dieser drei Kameras die Aufnahme für den Zeitraum zu sehen, in dem sich der Maserati im Bild befindet.«

Der Wagen fuhr vor einem Haus auf der rechten Seite vor, die hintere Tür ging auf, eine junge Frau stieg aus, unterhielt sich noch zwei oder drei Minuten lang durch das geöffnete Seitenfenster mit ihren Freunden und ging dann zielstrebig zu einem der luxuriösen Wohnhäuser. Der Kleidung nach zu urteilen, war sie geradewegs von einer Party gekommen. Sie machte einen müden Eindruck, als hätte sie sich körperlich verausgabt. Der Wagen fuhr ab, die Wiedergabe endete. Dann wurde die Frage eingeblendet, ob der Benutzer weitere Aufnahmen von diesem Fahrzeug auf seinem Weg durch die Stadt sehen wollte. »Das brauchen wir nicht«, sagte Louise mehr zu sich selbst. »Wir haben ja noch die anderen Fenster geöffnet.« Sie wartete, bis sie sah, dass Ronald die Adresse notiert hatte, dann wechselte sie zum nächsten Fenster.

Das Ganze wiederholte sich zweimal; insgesamt hatten schließlich zwei junge Frauen und ein junger Mann den Wagen verlassen. Anschließend machte sich der Fahrer auf den Heimweg. Die letzte Kamera erfasste die gesamte Front des Hauses in der Holland Street, das von der Straße durch einen hohen schmiedeeisernen Zaun abgeschirmt wurde. Ein Tor stand offen, als der Maserati auf das Grundstück einbog, und schloss sich gleich darauf automatisch.

»Alles notiert, einschließlich Kennzeichen«, sagte Ronald und nickte zufrieden. »Das hätten wir auch gleich so machen können. Das hätte viel Zeit gespart.«

»Hätten wir nicht«, widersprach ihm Louise. »Ich vergeude nicht die Gefallen, die mir andere schulden, nur damit du Zeit sparst, Ronald.«

»Oh, stimmt, du hast ja deinen Kontakt angerufen«, gab er kleinlaut zurück. »Entschuldige, daran hatte ich gar nicht gedacht.«

»Schon gut«, meinte sie und wechselte in ein anderes Menü. »Allerdings erspare ich dir jetzt wirklich Zeit, weil ich mein Zeitfenster noch nicht ausgeschöpft habe.« Sie tippte etwas ein.

»Wieso?«, fragte er. »Was machst du da?«

»Halterfeststellung«, antwortete sie. Augenblicke später las sie vor: »Der Maserati gehört *Henry Pickett, geboren 1970* … Nein, das kann nicht sein. Der Fahrer ist nicht mal zwanzig. Mal sehen.« Sie durchsuchte die Seite und klickte sich zu einer anderen Seite durch. »Na bitte, da haben wir ihn ja. *Matthew Pickett, geboren 1999.* Ich hab's ja gesagt. Nicht mal zwanzig ist der, aber Daddys Maserati fahren.« Sie öffnete ein neues Fenster. »Hoppla! Der Kleine sammelt seit … seit *fünf* Jahren Strafzettel für zu schnelles Fahren, hin und wieder unter Alkoholeinfluss.«

»Seit fünf Jahren. Da war er doch gerade mal vierzehn«, warf Nathalie ein.

»Stimmt. Und er hat bis heute keinen Führerschein.«

Der Constable schüttelte den Kopf. »Der wird so bald auch keinen Führerschein bekommen. Nur wird ihn das nicht davon abhalten, den Wagen seines Vaters oder seiner Mutter auszuleihen, wenn ihm der Sinn danach steht.«

»Vielleicht nicht«, überlegte Nathalie. »Vielleicht war der Unfall ein heilsamer Schock für ihn. Immerhin wird er nicht gewusst haben, dass der Unbekannte bereits tot war, als er ihn überfahren hat. Und das sollten wir ihm auch nicht so schnell verraten, wenn wir ihn verhören.«

Strutner war unschlüssig. »Ich weiß nicht, ob das ein Schock für ihn war. Ich meine, wer kommt unter Schock stehend auf die Idee, jemanden, den er gerade überfahren hat, in einem Schneemann zu verstecken?«

»Jemand, der zu viel getrunken hat und nicht mehr

klar denkt«, antwortete Louise mit einem zynischen Lächeln auf den Lippen. »Ronald, hast du einen Kontakt bei der Londoner Polizei, damit die jemanden hinschicken und den Jungen mitnehmen?«

»Dan ist vor Kurzem pensioniert worden, und damit fehlt mir im Moment jemand, der so was schnell und formlos erledigt«, sagte der Constable missmutig. »Ich muss jetzt den regulären Dienstweg nehmen, und auf dem Weg wird mein Anliegen streng nach Eingang bearbeitet. Das kann dauern. Ich kann ja nicht die Kollegen glauben lassen, dass Pickett junior den Mann totgefahren hat, wenn ich längst weiß, dass das nicht der Fall ist. Das führt nur zu endlosen Komplikationen.«

Louise lehnte sich auf ihrem Stuhl nach hinten. »Wir können einen anderen Weg versuchen.«

»Und zwar?«, hakte Strutner nach.

»Gebt mir zwei Minuten und setzt euch so lange wieder hin«, sagte die Köchin. »Und seht euch die Decke oder den Fußboden an, damit ihr nichts davon mitbekommt, was ich hier mache.«

»Louise, wenn du irgendwas Illegales versuchst und man die Spur zu meinem Computer zurückverfolgen k…«, begann Nathalie, doch die andere Frau hob abwehrend die Hände.

»Ich sitze eigentlich gar nicht an deinem Computer, sondern befinde mich im System von Scotland Yard. Da passiert nichts Illegales, und niemand kann irgendetwas zu dir zurückverfolgen.« Nach eine kurzen Pause korrigierte sie sich, indem sie ihren Satz deutlich kürzte: »Niemand kann irgendetwas zu dir zurückverfolgen.«

Während Nathalie sich auf der anderen Seite des Schreibtischs hinsetzte, stockte sie mitten in der Bewegung. »Hast du nicht eben noch gesagt, es passiert nichts Illegales bei Scotland Yard?«

»Habe ich das gesagt?« Louise grinste sie schelmisch an. »Daran kann ich mich gar nicht erinnern.«

»Louise redet manchmal wirres Zeug«, merkte Ronald an und zwinkerte Nathalie zu, während er sich zu ihr setzte.

Nathalie nickte kommentarlos, da sie sich nicht sicher war, ob ihr das alles so gefiel. Zugegeben, wenn man auf diese Weise einen echten Straftäter zu fassen bekam, der sich sonst seiner Bestrafung entzogen hätte, dann war es nicht schlecht, auf solche Daten zugreifen zu können. Schließlich war so das Gleichgewicht wiederhergestellt, da der Verbrecher der Polizei nicht um eine Nasenlänge voraus war. Aber wenn sie sich vorstellte, jemand würde einfach mal ihre Daten durchforsten, weil ihm der Sinn danach stand …

»Okay, das hätten wir«, verkündete Louise und riss Nathalie aus ihrem Gedankengang. »Jetzt muss ich mich nur kurz umsehen …«

»Und wo siehst du dich um?«

»Auf Matthew Picketts Facebook-Seite und auf seinem Twitter-Account.«

»Du bist nicht mit ihm befreundet, was kannst du schon auf Facebook über ihn erfahren?«, wollte Nathalie wissen.

Louise warf ihr einen ernsten Blick zu. »Du weißt, du darfst über diese Dinge mit niemandem reden.«

Nathalie nickte. »Das weiß ich. Aber ich wüsste nicht, mit wem ich überhaupt darüber reden *sollte.* Wer würde mir so was schon glauben? Und wie sollte ich irgendetwas davon beweisen? Klar, ich könnte den Verschwörungstheoretikern davon erzählen und würde von ihnen bestimmt zur Königin gewählt werden. Doch das will ich gar nicht. Also, was kannst du über diesen Pickett schon erfahren?«, wiederholte sie, während sie die Büroutensilien auf ihrem Schreibtisch neu ordnete.

»Ich *besuche* nicht Picketts Seite, ich *bin* Pickett«, sagte ihre Köchin.

»Was?« Nathalie setzte sich so abrupt kerzengerade hin, dass ihr die Schachtel Büroklammern aus den Fingern rutschte und sich der Inhalt auf dem Schreibtisch verteilte. »Du hast dich in seine Seite gehackt?!«

Louise winkte ab. »›Gehackt‹ hört sich immer so negativ an. Ich statte ihm einen Besuch ab, von dem er nichts weiß. Ich bediene mich nicht bei seinem Bankkonto, ich klaue keine Adressdaten. Ich sehe nur mal nach dem Rechten.« Nach einer kurzen Pause schlug sie vor: »Du kannst ja so lange draußen im Flur warten, bis ich hier fertig bin. Dann kannst du reinen Gewissens sagen, dass du nicht weißt, was hier gelaufen ist.«

Nathalie beugte sich vor und legte ihre Hand auf die von Louise. »Es ist nicht so, als würde ich dir nicht vertrauen. Ich weiß, du machst das nicht, um unschuldige Menschen um ihr Geld zu erleichtern. Mich erschreckt nur, was alles geht und – vor allem – wie mühelos das alles geht, wenn man auf dem richtigen Posten sitzt.«

Ihre Köchin nickte bedächtig. »Ich kann auch nicht behaupten, dass mir das gefällt, doch noch dümmer wäre es von mir, diese Möglichkeiten nicht zu nutzen, wenn sie mir schon mal zur Verfügung stehen. Wenn Ronald jetzt bei den Kollegen in London den Antrag stellt, dass zwei Polizisten zum Haus der Picketts fahren sollen, um Matthew abzuholen und zu verhören, dann vergehen Tage, bis da etwas passiert. Und wenn wir Pech haben und zwei völlig lustlose Kollegen erwischen, stellen die ein paar belanglose Fragen, und dann kommt er wieder frei, weil er ja eigentlich nichts angestellt hat. Eine Leiche zu überfahren ist nichts, was mit irgendeiner Form von Strafe geahndet werden könnte. Dann sind wir so schlau wie vorher.« Sie klickte ein Feld auf dem

Monitor an. »Wir können uns aber auch gleich in deinen Wagen setzen und siebenunddreißig Meilen bis zum Internat St. Judy in the Valley fahren. Dort werden wir den Rektor bitten, Matthew aus seiner Klasse oder seinem Kurs zu holen, damit wir ihn an Ort und Stelle befragen können, ohne dass er die Gelegenheit bekommt, sich auf diese Befragung vorzubereiten.«

»Wie bitte?«, sagte Nathalie. »Das hast du so schnell rausgekriegt?«

»Tja, der gute Matthew hat in seinem Profil die Funktion freigeschaltet, die immer seinen aktuellen Standort angibt«, erklärte die Köchin, die sich zum Bildschirm vorgebeugt hatte. »Ich wusste gar nicht, dass es hier in der Gegend überhaupt ein Internat gibt.« Sie legte nachdenklich den Kopf schräg. »Das ist schon kurios, dass hier auf dem Land kaum Familien mit Kindern leben, weil sie keine Schulen haben. Und dann steht da mittendrin ein Internat, auf das Schüler aus London geschickt werden, damit sie möglichst weit weg von zu Hause sind.« Sie nickte dem Constable zu. »Ronald, du hast doch die Adressen notiert, an denen seine drei Begleiter einer nach dem anderen ausgestiegen sind.«

»Ja.«

»Dann sag sie mir, damit ich herausfinden kann, wie die Familien heißen, die da wohnen.«

Die nächsten Minuten verbrachte Louise damit, die Informationen zusammenzutragen, schließlich atmete sie tief durch. »Also … das war doch ein voller Erfolg«, begann sie. »Die drei, die bei Matthew im Wagen saßen und die ganz sicher auch daran beteiligt waren, den Schneemann zu bauen, um das mutmaßliche Unfallopfer zu verstecken, heißen Jessy Cornell, Martin Coulson und Eliza Gernshaw. Und sie besuchen alle das gleiche Internat wie Matthew.«

»Das passt«, überlegte Nathalie, die immer noch Büroklammern auflas. »Miss Warren sprach von zwei männlichen und zwei weiblichen Personen.«

»Es passt auch, dass alle vier seit Samstag kaum noch etwas getwittert oder auf Facebook gepostet haben, während sie bis dahin sehr aktiv waren und jeden Blödsinn geteilt oder kommentiert hatten.« Louise klickte auf ein anderes Symbol. »Sie haben auch kaum gechattet und sich – wenn doch – gegenseitig immer wieder gefragt, wie der jeweils andere sich fühlt, wie es ihm geht, ob es ›schon wieder geht‹ und so weiter. Das sieht nach sehr gedrückter Stimmung aus.«

Nathalie stellte die wieder aufgefüllte Schachtel Büroklammern zurück auf den Tisch und schob sie außer Reichweite, damit sie sie nicht noch einmal umstoßen konnte. »Dann sollten wir keine Zeit vergeuden und diesem Internat einen Besuch abstatten. Druckst du mir bitte die Wegbeschreibung aus, Louise?«

»Natürlich«, sagte sie leise, während ihre Aufmerksamkeit etwas auf dem Monitor galt.

Als Nathalie sich vorbeugte, sah sie, dass Louise eine Landkarte aufgerufen hatte. »Suchst du etwas Bestimmtes?«

»Ich wollte nur was nachsehen. Ich werde auch noch den Teil der Karte ausdrucken, der die Umgebung des Internats zeigt«, erklärte sie. »Die Wegbeschreibung ist so seltsam vage gehalten, dass ich nicht weiß, ob wir so die Zufahrt finden werden. Das sieht so aus, als gäbe es da gar keine richtige Zufahrt. Sehr merkwürdig.«

»Druck das auf jeden Fall aus, ich will nicht stundenlang durch die Gegend irren, nur weil die da vielleicht irgendeinen geheimen Zugang à la Hogwarts haben«, bat Nathalie sie. »Ich sage nur schnell meinen Eltern Bescheid, dass ich noch einmal wegmuss.«

»Warte doch mal, Nathalie«, rief Louise hinter ihr her. »Willst du das wirklich? Für die Fahrt müssen wir hin und zurück bei dem Wetter je eine Stunde einkalkulieren, und selbst wenn wir diesen Matthew sofort zu fassen kriegen, sollten wir davon ausgehen, dass wir mit ihm eine Stunde verbringen werden. Bei den anderen können wir uns vielleicht kürzerfassen, doch selbst wenn wir für sie zusammen eine Stunde benötigen, wären wir mindestens vier Stunden unterwegs. Dann ist es halb fünf. Was willst du dann noch mit deinen Eltern unternehmen? Ronald und ich können das auch zu zweit erledigen«, gab sie zu bedenken. »Ich weiß, du bist gern mit von der Partie, und ich habe dich auch gern dabei, weil wir uns bestens ergänzen. Aber deine Eltern kommen nicht alle vierzehn Tage her. Da kannst du nicht einfach sagen, dass ihr beim nächsten Mal das nachholt, was diesmal nicht geklappt hat.«

Nathalie stand da und hielt mit einer Hand die Türklinke umklammert. Sie schaute unschlüssig zwischen ihrer Köchin und dem Constable hin und her. »Und das würde euch wirklich nichts ausmachen?«

»Nathalie, ich wette, seit deine Eltern hergekommen sind, hast du noch keine fünf Minuten mit ihnen allein verbringen können, weil sich ständig irgendwer dazugesellt hat, ich eingeschlossen«, räumte Ronald ein. »Jetzt hast du die Gelegenheit, das nachzuholen. Iss mit ihnen zu Mittag, aber in deiner Wohnung, wo niemand vorbeikommt und wissen will, mit wem du am Tisch sitzt.«

Sie nickte bedächtig. »Okay, du hast recht. Ihr habt beide recht. Also gut, nehmt meinen Wagen, der Schlüssel liegt auf dem Tisch. Und holt aus diesem Matthew die ganze Wahrheit heraus.«

Dann verließ sie das Büro, warf einen Blick in den Pub und ging weiter zum Café, da sie an keinem der Tische ihre Eltern entdecken konnte. Bestimmt hatten sie sich ins Café gesetzt, wo es wesentlich ruhiger zuging. Doch auch da waren sie nicht.

Jackie stand hinter der Theke und stellte die Reststücke verschiedener Torten auf eine Tortenplatte.

»Haben Sie mir nicht vor ein paar Minuten gesagt, dass meine Eltern zurück sind?«

»Ja, Miss Ames.«

»Sind sie auf ihr Zimmer gegangen?«

Die junge Frau schüttelte den Kopf. »Nein, Miss Ames.«

Nathalie zwang sich zur Ruhe. Sie hatte Jackie schon ein paarmal gebeten, auf Fragen etwas gesprächiger zu reagieren, wenn offensichtlich war, dass der Fragende nicht nur ein Ja oder ein Nein hören wollte. Aber irgendwie biss sie bei dieser Frau auf Granit. »Und … *wo* sind sie?«

»Oh!«, machte sie, als wäre ihr soeben eine oft wiederholte Predigt ins Gedächtnis zurückgekehrt. »Ihre Eltern hatten sich an Tisch zwei gesetzt, als Miss Rittinghouse vom Buchladen hereinkam, um drei Stücke Eistorte zu kaufen. Sie kam mit Ihren Eltern ins Gespräch, und dann hat sie ihnen vorgeschlagen, doch in ihren Buchladen mitzukommen, damit sie einen Blick auf ihre große Auswahl an Reiseliteratur werfen können.« Sie überlegte kurz, dann schnippte sie mit den Fingern und lächelte strahlend. »Ach ja, und Ihre Eltern lassen ausrichten, dass Sie doch bitte nach dem Abendessen Zeit für sie erübrigen.«

»*Nach* dem Abendessen?«

»Ja, soweit ich das mitbekommen habe, wollten Ihre Eltern in Jim's Old Chair am Marktplatz zu Abend essen.«

»Aha«, erwiderte sie. »Okay, vielen Dank, dass Sie

das weitergegeben haben, Jackie.« Dann verließ sie missmutig das Café und kehrte in ihr Büro zurück, wo Louise und Ronald sich gerade Notizen machten, welche Fragen sie in welcher Reihenfolge stellen wollten.

»Was vergessen?«, fragte Louise beiläufig.

»Ja«, antwortete Nathalie. »Ich hatte vergessen, dass ich fahre.« Sie nahm den Wagenschlüssel und ging zur Tür. »Kommt schon! Ich will diesem Matthew Pickett mal auf den Zahn fühlen.«

Siebtes Kapitel, in dem der Unfallfahrer zur Rede gestellt wird und der Gerichtsmediziner neue Details herausfindet

Das Internat sah genauso aus, wie Nathalie es erwartet hatte: ein düsteres Gebäude aus dunkelgrauen Steinquadern, schmale, hohe Fenster, die den Eindruck von Schießscharten in einer Festung erweckten, im Erdgeschoss Gitter vor den Fenstern – angeblich sicher nur dort montiert, um Einbrechern das Leben schwer zu machen, in Wahrheit aber einzig dazu bestimmt, die Schüler an nächtlichen Ausflügen zu hindern. Alles in allem hatte dieses unansehnliche klobige Gebäude mehr von einem Gefängnis an sich als von einem Ort, an dem Kinder und Jugendliche fürs Leben lernen und sich zu glücklichen, selbstbewussten Erwachsenen entwickeln sollten.

Im Innenhof dieses U-förmigen Bauwerks fand sich

eine Rasenfläche, die genauso wie der Weg zwischen Rasen und Gebäude komplett frei von Schnee war. In der Mitte stand ein ausladender Steinbrunnen mit der Skulptur eines Mannes, die keiner der drei auf Anhieb zuordnen konnte.

»Die haben hier aber einen gut funktionierenden Winterdienst«, meinte Ronald nicht ohne Ironie, als er den grünen Rasen sah, dem die Kälte jedoch sichtlich zugesetzt hatte. »Und anscheinend auch eine Rasenheizung.«

»Der Winterdienst würde überall so gut funktionieren, wenn jemand mit dem Rohrstock danebenstehen würde«, gab Louise spöttisch zurück.

»Ich verstehe nur nicht, warum die bloß diesen Rundweg rings um das Internat frei geschaufelt haben, nicht jedoch den Weg, der zur Straße führt«, wunderte sich Nathalie. »Jetzt haben wir diesen Bau ja dank der kahlen Bäume ausmachen können, aber im Sommer nimmt einem das Laub doch jegliche Sicht.«

Der Constable brummte etwas, das nach Zustimmung klang.

»Wir sollten jemanden fragen, der darüber Bescheid weiß«, fand Louise und schüttelte gleich darauf den Kopf. »So jemanden müssen wir aber erst mal finden.«

»Da vorne sind drei Besucherparkplätze ausgeschildert.« Ronald zeigte auf die linke Ecke vor dem Querbau.

Nathalie ließ den Wagen ausrollen, da sie nicht wusste, ob die geteerten Stellflächen womöglich glatt waren. Dann stiegen sie aus und sahen sich um.

Eine breite Treppe führte hinauf ins Hochparterre, darüber befanden sich zu allen Seiten zwei Etagen und das Dachgeschoss. Hinter den meisten Fenstern war der grelle Lichtschein von Neonröhren zu erkennen, aber nirgendwo war der Kopf auch nur eines einzigen Schülers zu entdecken. Offenbar waren alle so diszipliniert, dass sie es nicht wagten, ihren Platz zu verlassen, auch wenn sie noch so gern wissen wollten, welcher Wagen denn da vorgefahren war.

Während Strutner, Nathalie und Louise sich noch das düstere Gebäude ansahen, kam eine zierliche Frau nach draußen und blieb am Kopf der Treppe stehen. Sie hatte sich zum Schutz vor der Kälte dick eingepackt und trug zu einem langen beigen Steppmantel eine voluminöse Wollmütze in Weinrot und einen dazu passenden Wollschal, den sie sich mehrmals um den Hals geschlungen hatte. »Kann ich Ihnen behilflich sein?«, fragte sie mit einer sanften Stimme, die zu ihrem Erscheinungsbild passte.

»Guten Tag, ich bin Constable Strutner«, stellte Ronald sich vor, nachdem sie die Treppe erklommen hatten. »Das sind meine Assistentinnen Miss Cartham und Miss Ames. Wir müssen uns mit einem Ihrer Schüler unterhalten.«

»Name?«, fragte sie.

»Und Sie sind wer?«, warf Nathalie mit einem freundlichen Lächeln ein, ehe der Constable antworten konnte. Sie wussten nicht, wen sie vor sich hatten, also sollten sie der Dame auch nicht einfach Rede und Antwort stehen.

»Leonora MacMillan«, erwiderte die andere Frau. »Ich bin die Direktorin von St. Judy in the Valley. Kommen Sie erst mal herein, bevor wir uns hier draußen noch Erfrierungen holen.« Die Direktorin ging vor ihnen her in das Foyer, von dem nach rechts und links ein Korridor abzweigte, der genauso bedrückend wirkte wie der ganze Bau. Im Foyer stand eine lange Theke mit mehreren Schaltern, die wie Bankschalter mit Panzerglas gesichert waren.

Nathalie schüttelte kaum merklich den Kopf. Sie vermutete, dass diese Schalterreihe genauso wie die vergitterten Fenster in erster Linie der Abschreckung diente, damit die Schüler nicht übermütig wurden. Wie gut, dass Mum und Dad nie auf die Idee gekommen sind, mich auf ein solches Internat zu schicken!, dachte sie voller Dankbarkeit. Mit einem Mal war ihre Verärgerung darüber wie weggeblasen, dass ihre Eltern nach Earlsraven gekommen waren, um sie zu besuchen, tatsächlich nun jedoch ihre Zeit mit allen anderen im Ort verbrachten, nur nicht mit ihr. In gewisser Weise konnte sie das sogar verstehen, denn ihre Eltern liebten es, neue Leute kennenzulernen, und dazu war das Black Feather bestens geeignet.

»Also, um wen geht es?«, fragte die Direktorin noch einmal, während sie ihren Schal ablegte, den Mantel aufknöpfte und die Wollmütze abnahm. Nathalie staunte, als darunter eine wallende, strahlend blonde Mähne zum Vorschein kam, die der Frau bis weit in den Rücken fiel. Leonora MacMillan hätte dem allgemein verbreiteten Klischee einer Internatsleiterin mit dicker, dunkler Hornbrille, straffem Haarknoten und verkniffenen Gesichtszügen nicht mehr widersprechen können.

»Es geht um Matthew Pickett«, sagte Ronald, der seinen Notizblock gezückt hatte, auf dem die vier Namen vermerkt waren.

Die Direktorin verdrehte die Augen. »Um wen auch sonst?«, murmelte sie. »Ist er wieder mal zu schnell gefahren?«

»Macht er das regelmäßig?«, wollte Louise wissen.

»Ja, aber er ist da nicht der Einzige«, erklärte Miss MacMillan. »Wir haben hier alle Autos verboten, jedenfalls auf dem Internatsgelände. Wir können natürlich nicht kontrollieren, welche Schüler am Sonntagabend mit dem eigenen Wagen herkommen und den irgendwo außerhalb am Straßenrand abstellen. Ich weiß nur, dass sie es machen und dass die Polizei sie immer wieder beim Rasen erwischt. Pickett ist da einer der Spitzenreiter.«

»Danke für den Hinweis«, erwiderte Ronald, »doch wir sind hier, weil wir Matthew Pickett wegen eines Unfalls befragen möchten, bei dem er womöglich Augenzeuge war.«

»Oh, das ist ja mal was anderes«, meinte die Direktorin und tippte etwas in ihr Smartphone ein. Danach nickte sie in die Runde. »Matthew wird sich in spätestens vier Minuten in Zimmer Null-Einundzwanzig einfinden«, erklärte sie und zeigte nach rechts. »Das ist der erste Raum im zweiten Quergang links.«

»Vielen Dank«, sagte der Constable. »Da wäre aber noch etwas.«

»Ich höre?«

»Es gibt drei weitere Schüler Ihres Internats, die ebenfalls den fraglichen Zwischenfall beobachtet haben.« Er sah wieder auf seinen Block. »Es handelt sich um Jessy Cornell, Martin Coulson und Eliza Gernshaw. Bevor Sie die drei auch herzitieren, habe ich eine Bitte: Könnten Sie sie voneinander getrennt unterbringen, bis wir mit Matthew geredet haben? Und könnten Sie sie nach und nach herkommen lassen, damit sie sich nicht unterwegs begegnen?«

Miss MacMillan zog argwöhnisch eine Augenbraue hoch. »Das hört sich ja ganz so an, als wollten Sie verhindern, dass die drei sich untereinander absprechen … als hätten sie gemeinsam etwas verbrochen.«

»Das mag so klingen«, warf Louise ein, »aber Zeugenaussagen entwickeln oft ein Eigenleben, was an sich schon unerfreulich ist. Wenn sich dann auch noch mehrere Augenzeugen unterhalten, übernimmt der eine vom anderen etwas, was er eigentlich so gar nicht gesehen hat. Diese Art von Unterhaltung vor der Befragung durch uns soll vermieden werden.«

Die Direktorin nickte verstehend. »Gut, dann sagen Sie mir noch mal, um welche Schüler es sich handelt.«

Nachdem Ronald die Namen wiederholt und sie die entsprechenden Benachrichtigungen verschickt hatte, brachte sie ihre Besucher in eine Art Pausenraum. »Kaffee gibt es aus dem Automaten«, sagte sie und zeigte auf das altmodische mannshohe Gerät, das neben der Tür stand. »Ich hole Matthew.«

Nathalie sah sich in dem kargen Raum um, der nur mit einem großen Tisch und einigen unbequem aussehenden Stühlen möbliert war. Durch ein vergittertes Fenster blickte man auf den verschneiten Wald. »Idyllisch«, sagte sie mit spöttischem Unterton. »Ich glaube, hier wird man automatisch zum Lernen angetrieben, weil man sonst niemals von hier wegkommt.«

Louise lachte. »Das Gleiche ging mir auch gerade durch den Kopf. Hier möchte ich nicht mal begraben sein, und ich habe schon einiges mitgemacht.«

»Wir ...«, begann Nathalie, doch da klopfte es, die Tür ging auf, und ein junger Mann trat ein. Er war zwar eindeutig der Fahrer des lila Maserati, den sie von den Aufnahmen der Überwachungskameras kannten. Allerdings wirkte er jetzt so blass und eingeschüchtert, dass man ihn sich kaum am Steuer eines sündhaft teuren Sportwagens vorstellen konnte. Es schien, als hätte er sich am liebsten in einer Ecke verkrochen.

»Guten Tag«, murmelte er. »Ich bin Matthew Pickett. Sie ... sind von der Polizei?«

Der Constable stellte sich und seine Begleiterinnen vor, dann deutete er mit einer Kopfbewegung auf Louise. »Sie ist unsere Spezialistin für Befragungen.«

Nathalie musste sich wegdrehen und einen Hustenanfall vortäuschen, damit sie nicht laut lachen musste, als sie sah, welch finstere Miene ihre Köchin aufgesetzt hatte. Allerdings zeigte die auch prompt Wirkung, da der junge Mann unwillkürlich einen Schritt nach hinten machte.

»Setzen Sie sich bitte«, sagte Louise in gebieterischem Ton.

Matthew nahm Platz und biss sich nervös auf die Unterlippe.

»Passen Sie auf, Matthew«, redete die Köchin weiter. »Wir wissen, dass Sie den lila Maserati gefahren haben, mit dem bei Earlsraven ein Mann überfahren wurde. Wir wissen, dass Sie am Freitagabend mit Jessy Cornell, Martin Coulson und Eliza Gernshaw unterwegs waren und dass Sie gemeinsam den Toten zum Parkplatz des Black Feather gebracht haben, wo Sie ihn dann in einem Schneemann versteckt haben. Danach sind Sie weitergefahren; Sie haben in London Ihre Freunde abgesetzt und sind nach Hause gefahren. Ich kann Ihnen die exakten Zeiten nennen, wann Sie sich wo aufgehalten haben und wann Sie zu Hause angekommen sind. Haben Sie das verstanden?«

Der junge Mann nickte hastig und zitterte am ganzen Leib. »Ja, Miss …«

»Cartham«, sagte sie, scheinbar verärgert darüber, dass er ihren Namen schon wieder vergessen hatte.

»Ja, Miss Cartham«, wiederholte er gehorsam.

»Was wir nicht wissen, ist Folgendes: Wieso halten Sie vier uns Polizisten für so dumm, dass Sie glauben, wir wären Ihnen nicht auf die Spur gekommen, wenn der Schneemann noch bis zum Tauwetter durchgehalten hätte? Denken Sie wirklich, wir sind solche Idioten?«

»Nein, nein, nein«, rief er und streckte beschwörend die Arme aus. »Das haben wir doch gar nicht gedacht, ehrlich nicht.« Er legte sich die Hände vors Gesicht.

»Ach, dann sollte das mit dem Schneemann nur ein schlechter Scherz sein?«, hakte Louise in frostigem Tonfall nach.

»Nein, nein, ganz bestimmt nicht«, beteuerte er und schien jeden Moment in Tränen auszubrechen.

»Wozu dann die Aktion mit dem Schneemann?«, wollte sie wissen und kniff die Augen ein wenig zusammen.

Matthew fuhr sich wiederholt durch die bis eben noch ordentlich gekämmten und gegelten Haare. »Es war so … wir haben am Freitagabend einen Geburtstag mitgefeiert … und zu viel getrunken.« Er zuckte mit den Schultern. »Ich wollte aber noch nach Hause fahren, und ich dachte, ich wäre noch in der Lage dazu.« Nervös zupfte er immer wieder am Kragen seines Pullovers. »Ich war so betrunken, dass ich nicht gemerkt habe, *wie* betrunken ich war. Ich bin schnell gefahren … sehr schnell … zu schnell für solche Temperaturen und für Schneefall … na ja, und dann stand da auf einmal dieser Mann.«

»Wo?«

»Mitten auf der Fahrbahn.«

»Er stand da?«, bohrte sie nach. »Ganz sicher? Oder könnte er auch gesessen haben?«

Matthew fuchtelte mit einem Finger vor Louise' Nase herum. »Nein, er *stand* da. Das Bild ist auf meiner Netzhaut eingebrannt, das können Sie mir glauben. Er stand da, den Blick nach unten gerichtet … so … als wollte er nicht sehen, wie ein Wagen auf ihn zurast.«

»So, so. Und das Einzige, was Ihnen in diesem Moment einfällt, ist, auf ihn zuzuhalten? Ihnen ist nicht in den Sinn gekommen zu bremsen?«

Der junge Mann schlug sich verzweifelt die Hände vors Gesicht. »Als ich ihn entdeckte, war ich so dicht vor ihm, dass ich nie im Leben hätte ausweichen können. Außerdem musste ich an meine Freunde denken. Ich will damit sagen, ich hatte die Wahl, einen Mann zu überfahren, oder ich hätte das Lenkrad abrupt herumreißen können. Es fing gerade wieder an zu schneien. Die Temperaturanzeige war bei mehreren Grad unter null. Ob ich gebremst oder versucht hätte auszuweichen – der Wagen wäre bei dieser Geschwindigkeit auf jeden Fall ins Schleudern geraten. Vielleicht hätten wir uns dann um einen Baum gewickelt und wären alle draufgegangen.« Matthew schüttelte betrübt den Kopf. »Und wie gesagt, ich war betrunken unterwegs. Wer weiß, wie lange ich letztendlich wirklich gebraucht hätte, um zu reagieren. Vielleicht wären wir mit diesem Mann auf der Motorhaube noch gegen einen Baum gerast.«

»Sie haben ihn also gerammt«, stellte Louise fest und notierte etwas. »Und dann?«

Er schüttelte betrübt den Kopf. »Alle haben durcheinandergeschrien, als er auf der Haube aufschlug und dann durch die Luft geschleudert wurde. Es war ein einziges Chaos. Ich hielt an, wir suchten nach dem Mann. Als wir ihn dann endlich entdeckten, war das kurz vor der Zufahrt zu diesem Pub. Ich weiß nicht mehr, wer von uns den Vorschlag machte, auf jeden Fall fanden wir alle die Idee genial, den Toten auf dem Parkplatz in einem Schneemann zu verstecken. Fragen Sie mich bitte nicht nach dem Grund.« Er beugte sich vor, legte die Arme auf den Tisch und ließ die Stirn auf die Hände sinken. »Wir haben den Mann an einem Schild festgebunden … sinnigerweise mit dem Abschleppseil aus meinem … aus Dads Wagen. Wie blöd kann man sein?! Wie viele Maserati fahren denn hier bei uns rum? Ein paar, mehr nicht. Da kommt die Polizei doch früher oder später dahinter, wer den Mann überfahren hat.« Er seufzte.

»Und nachdem Sie ihn festgebunden und den Schneemann um ihn herum gebaut hatten? Was war dann?«

Der junge Mann zuckte mit den Schultern. »Dann sind wir weitergefahren, und ich habe meine Freunde zu Hause abgesetzt. Danach bin ich zum Haus meiner Eltern gefahren und schlafen gegangen … das heißt, ich habe mich schlafen gelegt, aber ich konnte nicht einschlafen. Die ganze Zeit musste ich daran denken, was wir getan hatten. Und was da nur in uns gefahren war.«

Er hob den Kopf und sah durch das vergitterte Fenster nach draußen. »Ich meine … der Mann war tot, das war klar. Ich musste nicht nüchtern sein, um das erkennen zu können. Er lag völlig verdreht da. Kein Mensch kann seinen Kopf so verrenken, es sei denn, sein Genick ist gebrochen. Ich … ich will damit sagen, dass wir ihn nicht einfach sich selbst überlassen hätten, wenn wir noch was für ihn hätten tun können. Aber wir konnten ihm nicht mehr helfen. Ich weiß nicht … vielleicht wollte ich auch keine Polizei rufen, weil ich so betrunken war … Doch als ich zu Hause war, konnte ich nicht begreifen, dass wir den Mann in einem Schneemann versteckt hatten. Ich weiß nicht … kann sein, dass Martin gesagt hat: ›Bis der auftaut, sind keine Spuren mehr vorhanden, die die Polizei auf unsere Fährte bringen könnten.‹ Es klang irgendwie einleuchtend …«

Er atmete schwer durch. »Das war auch der einzige Gedanke, der mich antrieb: dass die Polizei nicht auf mich kommt. Wenn herauskommen würde, dass ich betrunken und ohne Führerschein einen Menschen totgefahren habe, dann … dann wäre ich erledigt. Ich würde vom Internat fliegen, mein Vater würde mich ohne einen Penny auf die Straße setzen, und ich würde im Gefängnis landen …« Er verstummte kurz, dann riss er erschrocken die Augen auf. »Ich *werde* im Gefängnis landen.« Matthew wurde, wenn möglich, noch blasser. »Mein Gott, ich *werde* im Gefängnis landen! Da kann ich mir auch gleich einen Strick nehmen, dann bleibt mir wenigstens das Gefängnis erspart.«

Louise sah Ronald an und nickte ihm zu.

Der Constable räusperte sich. »Man kommt nicht ins Gefängnis, wenn man eine Leiche überfährt«, sagte er leise, um den jungen Mann zum Hinhören zu zwingen.

»Natürlich kommt man ins Gefängnis«, widersprach Matthew verzweifelt. »Ich bekomme keine Sonderbehandlung, nur weil mein Vater …« Er blinzelte verwirrt. »Moment mal, haben Sie gerade gesagt: ›… wenn man eine *Leiche* überfährt‹?«

Strutner nickte.

»Der Mann war schon tot, als ich … als ich ihn überfahren habe?« Matthew schüttelte den Kopf. »Wie soll das möglich sein? Er stand doch da. Mitten auf der Straße.«

»Kurz vor der Ausfahrt zum Black Feather, richtig?«, hakte Louise nach.

Der junge Mann nickte. »Ja. Er stand da und tat einfach nichts. Er kann nicht tot gewesen sein! Ich habe ihn überfahren!«

»Sie haben ihn überfahren, Matthew, das ist richtig«, erklärte Ronald. »Unser Gerichtsmediziner hat den Toten untersucht und festgestellt, dass der Mann tot war, als ihm die Verletzungen zugefügt wurden, die durch den Zusammenprall mit dem Wagen Ihres Vaters verursacht wurden.«

»Aber … aber …«, stammelte Matthew. »Und was heißt das jetzt?«

Der Constable zuckte mit den Schultern. »Das kann ich Ihnen noch nicht sagen. Ich hatte noch nie einen auch nur ähnlich gearteten Fall, doch ich kann mir ehrlich gesagt nicht vorstellen, dass daran irgendetwas strafbar sein sollte. Ich muss das meinem Vorgesetzten vorlegen, der soll sich damit beschäftigen.«

»Dann passiert mir nichts?«, fragte Matthew ungläubig.

»Oh, so würde ich das nicht sehen«, warnte ihn Ronald. »Sie haben auf jeden Fall einen Unfall verursacht und Fahrerflucht begangen. Und Sie dürfen nicht vergessen, dass das nicht bloß Fahrerflucht war, sondern auch noch der Versuch, die ermittelnden Behörden zu täuschen, indem Sie den Mann in einem Schneemann versteckt haben. Dadurch wurden wichtige Beweise zerstört.« Er schüttelte den Kopf. »Ich fürchte, mein Vorgesetzter wird den Vorgang mit dem Staatsanwalt besprechen und ihn entscheiden lassen, was als Nächstes geschehen soll.«

»Dann bin ich also doch erledigt«, murmelte Matthew, während ihm Tränen in die Augen stiegen. »Wenn der blonde Drachen davon erfährt …«

»Der blonde Drachen?«, fragte Nathalie, die sich bislang zurückgehalten hatte, da Louise, die Spezialistin für Befragungen, allein agieren sollte. Stattdessen hatte Nathalie sich immer wieder Notizen gemacht und den jungen Mann interessiert gemustert, als sollte sie ein psychologisches Profil des Verdächtigen erstellen.

»Miss MacMillan«, antwortete er. »Die lächelt immer so sanft, als wäre sie ein Engel. In Wahrheit wartet sie nur auf eine passende Gelegenheit, um einem von uns irgendwelche Strafarbeiten aufs Auge zu drücken.«

Louise lächelte zufrieden, als fühlte sie sich in ihrem ersten Eindruck von der Frau bestätigt. Sie sah zu Ronald, der mit den Schultern zuckte und ihr zustimmend zuzwinkerte, dann fuhr sie fort. »Matthew, wir werden jetzt noch mit Ihren Freunden reden, die bei Ihnen im Auto gesessen haben, als der Unfall passiert ist. Wenn da keine Aussagen kommen, die der Ihren widersprechen, wird Miss MacMillan gar nichts über den Inhalt dieser Unterhaltung erfahren, weil sie das nichts angeht. Wir sind hergekommen, um von Ihnen und den anderen eine Zeugenaussage aufzunehmen, die einen Verkehrsunfall betrifft. Bei dieser Version werden wir auch bleiben, wenn wir wieder aufbrechen. Was Sie Miss MacMillan erzählen, ist ganz allein Ihre Sache. Von uns erfährt sie jedenfalls weiter nichts.«

»Sollte der Staatsanwalt zu dem Schluss kommen, gegen Sie ermitteln zu müssen«, fügte der Constable hinzu, »erfährt Miss MacMillan es dann immer noch früh genug. Bis dahin gibt es keinen Grund, ihr irgendetwas zu sagen, okay?«

»Danke«, flüsterte Matthew und wischte sich verstohlen ein paar Tränen weg. Er wollte aufstehen.

»Sie können ruhig noch hierbleiben, bis Sie sich wieder gesammelt haben«, schlug Nathalie vor. »Ich denke, wenn Miss MacMillan Sie so zu sehen bekommt, wird sie sich wer weiß was denken, was hier vorgefallen ist.«

Louise und Ronald nickten zustimmend.

Die Befragung des anderen jungen Mannes und der beiden Frauen hatte keine Widersprüche ergeben, sondern Matthew Picketts Schilderungen in jedem Punkt bestätigt. Dabei hatten sich die Äußerungen aber nicht abgesprochen angehört, weil jeder von ihnen auf ganz eigene Art die Ereignisse dieser Nacht wiedergab und auch andere Schwerpunkte setzte. Als Constable hatte Ronald auf diesem Gebiet Erfahrung, und Louise kannte sich dank ihrer einstigen Geheimdiensttätigkeit mit Verhörtaktiken auf beiden Seiten aus. Übereinstimmend waren sie zu dem Schluss gekommen, dass alle vier jungen Leute die Wahrheit sagten und keiner von ihnen zuvor etwas mit dem Mordopfer zu tun gehabt hatte. Der Unfall war kein Versuch gewesen, einen zuvor begangenen Mord zu vertuschen.

»Dann bin ich ja froh, dass Matthew zur Abwechslung mal etwas Konstruktives geleistet hat und Ihnen bei Ihren Ermittlungen helfen konnte«, sagte die Direktorin, als sie sie zur Tür begleitete. »Der Junge sorgt sonst immer nur für Unruhe.«

»Ach, irgendwann legt sich so was auch«, meinte Louise und winkte beschwichtigend ab. »Auf mich hat er eigentlich einen ganz vernünftigen Eindruck gemacht.«

»Darf ich Sie etwas fragen, Miss MacMillan?«, warf Nathalie ein.

»Fragen dürfen Sie mich, was immer Sie wollen, Miss Ames«, gab die blonde Frau zurück und lächelte schelmisch. »Ich kann Ihnen nur nicht garantieren, dass Sie auch eine Antwort erhalten.«

Nathalie schmunzelte, allerdings nicht über die Bemerkung, sondern über die Tatsache, dass diese Frau offenbar jedem gegenüber so auftrat wie gegenüber ihren Schülern. »Gut, dann werde ich mal mein Glück versuchen, Miss MacMillan. Was mich wundert, ist, dass es keinen erkennbaren Weg zum Internat gibt, jedenfalls keinen befestigten, an dem man sich orientieren kann, um allein schon die Zufahrt zu finden. Gibt es einen Grund dafür?«

Miss MacMillan lächelte anerkennend. »Sie haben das gut beobachtet, Miss Ames. Diese Tradition existiert, seit dieses Internat im Jahr 1832 gegründet wurde. Den Gründern war es wichtig, dass man sich immer seinen Problemen stellt und nach Lösungen sucht, anstatt vor diesen Problemen davonzulaufen. Indem sie auf einen leicht erkennbaren Weg verzichteten, auf dem man das Gelände betreten und verlassen konnte, sollte diese Absicht verstärkt werden.« Sie machte eine ausholende Geste. »Darum auch diese Anordnung der Gebäude in der Form eines U. Wenn man auf dem Hof steht, fühlt man sich von diesem imposanten Bauwerk sozusagen umarmt. Man fühlt sich einfach vom ersten Moment an wohl und geborgen.«

Nathalie nickte wie zur Bestätigung. Obwohl sie das komplett anders empfand, sah sie keinen Sinn darin, der Direktorin diese Meinung kundzutun. Sie verabschiedeten sich und gingen zum Wagen zurück, als auf einmal Ronalds Handy klingelte. Er sah auf das Display.

»Der Gerichtsmediziner«, sagte er. »Ich schalte ihn auf Lautsprecher.« Dann nahm er den Anruf entgegen. »Strutner«, meldete er sich.

»Talradja hier, Jean-Louis Talradja«, sagte der Gerichtsmediziner und betonte dabei seinen Vornamen so, als würde der Constable mindestens ein halbes Dutzend Talradjas kennen.

»Dr. Talradja«, erwiderte Ronald. »Haben Sie etwas Konstruktives für mich?«

»Das kann ich so nicht beurteilen«, antwortete Talradja. »Es kann den ganzen Fall im Handumdrehen aufklären, es kann aber auch zu noch mehr Verwirrung führen.«

»Erzählen Sie mir einfach, was Sie haben«, bat Strutner.

»Nun, vom Labor hatte ich früh am Morgen einen Anruf erhalten. Dort hat man an dem, was von der Jacke des Opfers noch übrig ist, Reste einer Nylonschnur entdeckt. Ich habe mir die Fotos rüberschicken lassen, damit ich mir ansehen kann, wo man diese Schnur gefunden hat. Die Fotos habe ich mit dem Leichnam verglichen und dabei die Erklärung dafür gefunden, was es mit dieser Schnur auf sich hat. An der Leiche hatte ich bereits eine Druckstelle gesehen, die wie sämtliche Prellungen nach dem Tod dieses Mannes entstanden ist. Daher war ich davon ausgegangen, dass er gegen irgendeine Kante geschleudert worden sein musste.«

Als Talradja eine lange Pause folgen ließ und der Constable einfach nur unschlüssig dastand, beugte sich Louise vor und rief ins Mikrofon: »Sie dürfen gern weiterreden, Doc. Bislang konnten wir Ihnen folgen.«

»Ach, Miss Cartham, Sie sind auch da?«, erwiderte der Gerichtsmediziner. »Sieh an! Dann ist die reizende Miss Ames sicher nicht weit, richtig?«

»Ich … ähm … ich bin ebenfalls da, ganz richtig, Dr. Talradja«, antwortete sie verdutzt. Sein Tonfall hatte nichts Neckendes an sich, aber wieso nannte er sie »reizend«?

»Als hätte ich es gewusst«, rief er erfreut. »Sie dürfen auch gern Jean-Louis zu mir sagen.«

Nathalie stand da und starrte Louise und Ronald ratlos an. Was sollte sie denn nun davon halten?

Louise zog die Augenbrauen hoch und hob die Schultern, um ihr zu signalisieren, dass sie auch nicht wusste, was in den Mediziner gefahren war.

»Natürlich nur, wenn ich Sie mit Nathalie anreden darf«, fügte er hinzu und sorgte damit nur für noch mehr Verwirrung.

»Ja … gern … ich … ich habe nichts dagegen einzuwenden«, sagte sie schließlich, obwohl sie sich dessen gar nicht so sicher war. Sie hatte mit dem Mann erst ein paar Minuten zu tun gehabt, und für eine vertraute Anrede wusste sie nicht genug über ihn. Wenn sich demnächst eine Gelegenheit ergab, würde sie das unter vier Augen und von Angesicht zu Angesicht mit ihm klären. »Also, was … ähm … können Sie uns noch sagen?«

»Angelschnur«, kam die knappe Antwort.

»Was heißt ›Angelschnur‹?«, wunderte sich der Constable.

»Gerade eben ist vom Labor eine SMS eingetroffen«, erklärte Talradja. »Die weitere Analyse hat ergeben, dass die Nylonschnur eine Angelschnur ist. Eine der stabilsten Varianten, die bis ungefähr hundert Kilo reißfest ist. Der Täter hat ihm die Schnur unter den Achseln hindurch um den Oberkörper gebunden, allerdings über der Kleidung, nicht auf der Haut.«

»Und?«, fragte der Constable, der nach längerer Zeit wieder einmal völlig ratlos wirkte, während Louise und Nathalie ihm mit Gesten zu verstehen gaben, dass es doch offensichtlich war, was der Mediziner ihm sagte.

»Und was?«, gab Talradja zurück.

»Und weiter? Was ist mit dieser Angelschnur passiert? Warum hat der Mörder sie ihm umgelegt?«

Man konnte deutlich hören, wie Talradja frustriert durchatmete.

»Um den Toten aufzuhängen!«, ging Louise dazwischen. »Was denn sonst?«

»Genau«, ertönte es aus dem Smartphone. »Der Tote wurde so in die aufrechte Position gebracht, die erforderlich war, um ihn von einem Wagen so erfassen zu lassen, als stünde der Mann mitten auf der Straße.«

Ronalds Miene hellte sich auf, als er begriff, was der Gerichtsmediziner meinte. »Im Prinzip so etwas wie die Fäden bei einer Marionette«, sagte er. »Das ist ja raffiniert.«

»Raffiniert wäre es gewesen, wenn der Täter ihm auch noch je einen Faden um die Handgelenke gebunden hätte«, drang Talradjas Stimme aus dem Smartphone. »Dann hätte er im letzten Moment die Arme ausstrecken können, als hätte er den Maserati noch irgendwie zum Anhalten bringen wollen. Dann wäre die Illusion perfekt gewesen. Und wenn er …«

»Danke, Dr. Talradja«, unterbrach Louise den Redeschwall des Mannes. »Wenn Sie noch etwas Neues herausfinden, geben Sie uns bitte Bescheid, okay?«

»… ja, g-gern, Miss Cartham«, stammelte der Mann, den diese abrupte Unterbrechung offenbar kurz aus dem Konzept gebracht hatte. »Das werde ich machen. Auf Wiederhören, Miss Cartham! Auf Wiederhören, Constable Strutner! Auf Wiederhören, Nathalie!«, fügte er in einem Tonfall hinzu, der nach einem breiten Lächeln klang, dann legte er auf.

»Habe ich irgendwas gesagt oder getan, was Talradja *so* auslegen könnte?«, fragte sie Louise und Ronald.

»Ganz sicher nicht«, erklärte die Köchin. »Jean-Louis scheint ein ganz Forscher zu sein.«

»Ich glaube, ich muss demnächst mal mit ihm reden«, murmelte Nathalie und schüttelte den Kopf. »Egal, zurück zum Thema. Der Tote wurde also an einer Angelschnur aufgehängt, um ihn aufrecht hinzustellen. Dann gibt es nur eine Stelle, an der sein Mörder ihn befestigt haben kann, damit Matthew Pickett ihn scheinbar überfahren konnte.« Sie nickte entschlossen. »Kommt, ich weiß, wo wir nach Spuren suchen müssen.«

Achtes Kapitel, in dem die Identität des Toten bekannt wird und jede Antwort immer neue Fragen aufwirft

»Da ist die Schnur!«, rief Nathalie triumphierend und zeigte auf das Geländer. Um einen der Gitterstäbe war eine dickere Nylonschnur gewickelt und mit mehreren Knoten gesichert worden, damit sich die Schnur nicht lösen konnte, solange der Tote daran festgemacht war.

Sie standen auf der Fußgängerbrücke, die die Straße überspannte. Sie diente den Autofahrern als Zugangsweg zum Black Feather, die in der entgegengesetzten Richtung unterwegs waren und dennoch eine Rast einlegen und den Pub aufsuchen wollten. Unter ihnen floss der Verkehr zwischen London am einen Ende und der Region Cornwall am anderen Ende dieser Strecke.

Dazwischen gab es Dutzende Ausfahrten zu Landstraßen, die den gesamten Südwesten des Landes erschlossen.

»Zu schade, dass am Samstagmorgen die ganze Brücke vom nächtlichen Schnee geräumt worden ist«, sagte Louise. »Damit sind leider gar keine Spuren mehr übrig, die uns vielleicht hätten weiterhelfen können.«

»Max vom Winterdienst konnte ja nicht wissen, was sich in der Nacht zugetragen hatte«, erwiderte Nathalie. »Er weiß, er muss bis um sechs Uhr diesen Weg zum Pub frei machen. Wenn er das versäumt und jemand rutscht aus und bricht sich was, dann wird er belangt. Er hat nur seine Arbeit erledigt. Aber es wäre schön gewesen, wenn er ausgerechnet diesmal verhindert gewesen wäre.«

Ronald stellte sich zu ihnen und sah über das Geländer auf die Straße darunter. »Ich glaube nicht, dass das viel gebracht hätte. Durch den Neuschnee sind doch sowieso alle Spuren im alten Schnee unbrauchbar geworden.« Er zeigte nach unten; bei jedem Atemzug trieb eine kleine Wolke vor seinem Gesicht. »Diese Nylonschnur reicht zwar nicht bis ganz unten, aber sie wird bei dem Aufprall zerrissen sein. Das Labor wird uns sagen können, ob diese Schnur mit der identisch ist, die sie an der Kleidung unseres unbekannten Toten entdeckt haben. Auf jeden Fall passt das alles zusammen. Hier hing der Tote, hier wurde er von dem Wagen erfasst und in Fahrtrichtung geschleudert …« Der Constable drehte sich und ging zum gegenüberliegenden Geländer. »Da vorn ist die Einfahrt zum Black Feather. Wenn Talradja mit seiner Einschätzung richtigliegt, dass der Tote ziemlich weit geflogen sein muss, dann dürfte er kurz vor der Einfahrt oder vielleicht sogar genau davor gelandet sein. Matthew hält an, sie überlegen, was sie mit dem Toten machen sollen, sehen den Parkplatz und kommen auf die idiotische Idee mit dem Schneemann.« Ronald nickte. »Das passt wirklich alles zusammen.«

»Und es bringt uns kein Stück weiter«, stellte Louise fest. »Jetzt wissen wir zwar, dass jemand den Mann hier an einem Nylonfaden nach unten gelassen hat, um einen Unfall zu provozieren und damit den Mord zu tarnen. Doch wir haben immer noch keine Ahnung, wer das Opfer und wer der Mörder ist.«

»Der Tote hat zwar nichts bei sich getragen«, ergänzte Ronald, »aber wenn ich mir vorstelle, wie er durch die Luft geschleudert worden ist, dann kann die Brieftasche aus dem Jackett wer weiß wohin geflogen sein. Vielleicht auf die Gegenfahrbahn, wo sie dann unter die Räder gekommen ist.« Er stieß ein frustriertes Knurren aus. »Wäre das ein Waldstück, hätte ich keine Probleme damit, das Gelände abzusperren und zwei Dutzend frischgebackene Kollegen alles durchkämmen zu lassen. Doch um so eine Straße sperren zu lassen, damit alle Fahrbahnränder nach einer Brieftasche abgesucht werden, von der wir nicht mal wissen, ob sie überhaupt hier irgendwo abhandengekommen ist, müsste ich erst mal ein halbes Dutzend Vorgesetzte davon überzeugen, dass das so eine Aktion überhaupt wert ist.«

»Also sind wir weiter ahnungslos, wer das Opfer ist«, sagte Louise und stützte sich auf dem Geländer ab. »Vielleicht ergibt sich ja noch eine Spur über den DNS-Abgleich.«

Der Constable schüttelte den Kopf. »Gut, dass du das ansprichst. Das hatte ich nämlich vergessen. Talradja hat den Abgleich ja gleich veranlasst und mich heute Morgen wissen lassen, dass die DNS des Toten nirgendwo registriert ist.«

»Augenblick mal«, entfuhr es Nathalie plötzlich. »Hast du dich eigentlich auf dem Parkplatz umgesehen, Ronald?«

»Auf welchem Parkplatz?«

»Auf dem da«, antwortete sie und zeigte auf das andere Ende der Brücke. »Das Black Feather hat bekanntlich drei Parkplätze.«

»Ich weiß, doch was soll ich auf dem Platz da drüben finden? Da parken deine Gäste, und wenn sie gegessen haben, gehen sie wieder rüber und fahren ab. Und wenn sie bei dir übernachten, dann stehen die Wagen über Nacht da.«

»Richtig, aber ich denke, wir sind uns einig, dass das hier doch nach einem Unfall oder einem Selbstmord aussehen sollte.« Nathalie ging los und gab den beiden ein Zeichen, ihr zu folgen.

Ronald nickte. »Wüssten wir nicht, dass der Mann beim Zusammenstoß schon tot war, würde ich sogar eher von einem Selbstmord ausgehen. Die Verletzungen und die Aussagen der jungen Leute belegen ja, dass er nur dastand, zu Boden sah und nicht mal reflexartig die Arme ausstreckte, um sich noch irgendwie abzustützen.«

»Eben«, stimmte Nathalie ihm zu, während sie die Treppe der Brücke hinunterging. »Bislang hast du nichts davon gehört, dass jemand aus Earlsraven und Umgebung seit Freitagnacht vermisst wird. Folglich muss der Mann etwas weiter von hier entfernt gewohnt haben. Bei Schnee und Eis und dieser Kälte wird sich aber kein Selbstmörder zu Fuß auf den Weg machen, um sich genau hier auf die Straße zu stellen. Wenn die Polizei nicht argwöhnisch werden soll, muss der Täter das Opfer mit dessen Wagen hergebracht haben. Und er muss das Fahrzeug hier zurückgelassen haben.«

»Klingt einleuchtend, obwohl ... na ja, es könnte ihn ja auch jemand in Earlsraven abgesetzt haben, weil er hier ein paar Tage verbringen wollte, weshalb ihn bislang niemand vermisst gemeldet hat«, wandte der Constable ein.

»Ja, okay, das wäre auch denkbar«, musste sie zugeben. »Aber trotzdem hat keiner von uns bislang wenigstens mal nachgesehen. Immerhin ...« Auf der vorletzten Stufe blieb sie stehen und zeigte nach links. »Immerhin steht dieser rostige alte Fiesta, dem vielen Schnee darauf nach zu urteilen, mindestens seit letztem Freitag hier auf dem Platz. Außer Miss Warren ist kein Gast im Haus, der vor dem Schneefall in der Nacht zum Samstag seinen Wagen hier hätte abstellen können. Und Miss Warren fährt einen ziemlich neuen Daihatsu, der auf dem Parkplatz neben der Terrasse steht. Wem gehört also diese Schneeskulptur?«

Ronald zog sein Smartphone aus der Tasche, rief seine Dienststelle an und gab das Kennzeichen durch. Keine Minute später hatte er die Antwort. Er redete noch kurz mit dem Kollegen, dann beendete er das Gespräch und wandte sich an Nathalie und Louise. »Der Wagen gehört Ewan Forrester«, sagte er.

»*Dem* Ewan Forrester?«, gab die Köchin zurück.

»Wer ist Ewan Forrester?«, fragte Nathalie, während der Constable schon bestätigend nickte.

»Forrester ist einer der wichtigsten Enthüllungsjournalisten des Landes«, antwortete Louise. »Er selbst tritt relativ selten in Erscheinung, weil seine Enthüllungen Karrieren zerstören und ganze Firmen in den Ruin treiben können. Der Mann wird gefürchtet und gehasst, er wird mit dem Tod bedroht. Darum arbeitet er meistens im Hintergrund und gibt das belastende Material an Kollegen weiter, natürlich gegen entsprechende Bezahlung, schließlich muss er auch von etwas leben ... oder, besser gesagt, ›musste‹, denn wenn sein Wagen seit Freitag hier steht, dann ist zu vermuten, dass er der unbekannte Tote ist.«

»Haben wir ein Foto von ihm?«, wollte Nathalie wissen und sah zum Himmel, da es plötzlich wieder anfing zu schneien.

»Das wollen mir die Kollegen gl…«, begann Ronald und wurde fast im gleichen Moment vom Klingelton einer eingehenden E-Mail unterbrochen. Er öffnete die Mail und rief den Anhang auf, betrachtete kurz das Foto und hielt den beiden Frauen das Smartphone hin. Das Bild zeigte einen Mann Mitte sechzig, der durch die strubbeligen grauen Haare und das verschmitzte Lächeln deutlich jünger wirkte. Sein Erscheinungsbild hatte etwas seltsam Markantes an sich, sodass man ihn unter hundert ähnlich aussehenden Männern sofort wiedererkannt hatte.

»Der Tote ist eindeutig Forrester«, sagte Nathalie gleich auf den ersten Blick, Louise nickte bestätigend. Auch wenn er durch den Unfall schwer verunstaltet worden war, konnte man die Ähnlichkeit dennoch deutlich genug erkennen.

»Das wird eine Menge Leute erleichtert aufatmen lassen«, murmelte Louise grimmig. »Und einige von denen werden sogar einen regelrechten Freudentanz aufführen, wenn sie das hören.«

»Wir können die Meldung doch noch eine Zeit lang hinauszögern oder nicht?«, warf Nathalie ein. »Ich würde annehmen, dass keiner von den Leuten, hinter denen Forrester her war, so dumm gewesen sein dürfte, den Mord selbst zu begehen. Wer den Mann tot sehen wollte, wird sicher einen Auftragskiller angeheuert haben, damit er selbst ein Alibi hat. Und dann wird er darauf warten, dass Forresters angeblicher Selbstmord in den Nachrichten vermeldet wird. Solange das nicht passiert, kann der Killer hundertmal sagen, dass er Forrester eliminiert hat, aber sein Honorar wird er trotzdem nicht ausgehändigt bekommen.«

»Und was haben wir davon, wenn wir seinen Tod erst mal nicht bekannt geben?«, fragte der Constable kopfschüttelnd.

»Zumindest einen nervösen Killer, der auf sein Honorar wartet«, erwiderte Nathalie. »Er will sein Geld haben und sich absetzen, doch das kann er noch nicht. Wenn nichts passiert, muss er irgendwann irgendetwas unternehmen, damit wir dahinterkommen, wer der Tote ist. So was sieht sein Plan garantiert nicht vor. Also haben wir gute Chancen, ihn in eine Falle zu locken und aus ihm herauszuholen, wer seine Auftraggeber sind.«

Ronald klopfte sich den Schnee von der Jacke, der jetzt immer dichter fiel und den Boden zu bedecken begann. Nach längerem Überlegen nickte er schließlich. »Ja, das wäre durchaus möglich. Entweder wird er versuchen, uns auf Forrester aufmerksam zu machen, oder aber er geht gegen seinen Auftraggeber vor, damit der das vereinbarte Geld rausrückt, auch ohne eine öffentliche Bestätigung.«

»Genau. Er könnte ihn ja im Gegenzug mit dem Material unter Druck setzen, das er sicherlich aus Forresters Wohnung hat mitgehen lassen«, sagte Louise und strich sich über den Kopf, da der Schnee sich auf ihren Haaren zu sammeln begann. »Haben wir eine Adresse? Wir sollten uns nämlich in seiner Wohnung umsehen. Der Killer muss ja nicht alles gefunden haben, was er gesucht hat.«

»Gute Idee«, fand Nathalie und sah auf ihre Armbanduhr. »Kurz nach vier. Unter Umständen könnten wir das noch …« Sie verstummte, als sie sah, wie der Constable den Kopf schüttelte.

»Forrester wohnt in Knowles«, sagte er. »Bis dahin sind es über fünfzig Meilen. Es wird schon dunkel sein, wenn wir da ankommen. In der Wettervorhersage war mit keinem Wort von Schnee die Rede.« Er machte eine ausholende Geste. »Wir wissen nicht, wie lange es schneien wird, und ich habe keine Lust, irgendwo auf halber Strecke zwischen hier und Knowles stecken zu bleiben. Lasst uns zurückgehen, dann werden wir erst mal recherchieren, was wir über Forrester zusammentragen können.«

»Gute Idee«, musste sie zugeben. »Bei dem Schneegestöber können wir wirklich keine zwanzig Meter weit sehen. Aber vielleicht sollten wir wenigstens erst noch einen Blick in Forresters Wagen werfen. Womöglich hat der Killer ja unabsichtlich irgendetwas darin vergessen.«

Der alte Fiesta entpuppte sich als unverschlossen, aber außer einem Schlüsselbund, an dem sich auch der Zündschlüssel für den Wagen befand, entdeckten sie nichts, dem eine Bedeutung zuzukommen schien, abgesehen von einem ganzen Berg leerer Coladosen, die genau wie die leeren Verpackungen von Schokoriegeln und Hamburgern im gesamten Innenraum und auch im Kofferraum verteilt lagen. Offenbar eine Begleiterscheinung stundenlanger Observationen, wenn Forrester darauf gewartet hatte, dass eine Zielperson ein Haus betrat oder verließ, von dem sie beharrlich behauptete, nicht mal zu wissen, wo es sich überhaupt befand.

Sie kehrten über die Brücke zurück zum Black Feather, begleitet von einem beißend kalten Wind, der ihnen die Schneeflocken ins Gesicht trieb. Als sie den Pub erreicht hatten, sahen sie alle drei selbst fast aus wie Schneemänner. Sie klopften sich gegenseitig den Schnee von der Kleidung, dann gingen sie nach drinnen, während es draußen dunkel wurde.

Im Pub war es angenehm warm, aber es hielten sich nur ein paar Gäste dort auf, von denen Nathalie niemanden kannte. Sie alle mussten zu den Wagen gehören, die auf dem Parkplatz vor dem Pub standen, und hatten in Earlsraven nur einen Zwischenstopp auf ihrer Reise eingelegt. Dass das Black Feather solchen Zulauf erhielt, hatte zum einen sicher damit zu tun, dass die Küche gleichbleibend hohe Qualität bot. Zum anderen hing es aber auch damit zusammen, dass die Preise spürbar unter dem Niveau der gängigen Raststätten lagen, die alle zu ein paar großen Ketten gehörten, wo man der Meinung zu sein schien, wegen der günstigen Lage direkt an der Schnellstraße oder Autobahn jeden beliebigen Preis verlangen zu können. Ganz offenbar fuhren viele Autofahrer lieber ein paar Meilen weiter, um im Black Feather einzukehren, was Nathalie nur recht sein konnte.

Sie folgte Ronald und Louise in Richtung Durchgang zum Flur, blieb aber am Telefon stehen, um einen Blick auf die Post-its mit den Anrufnotizen zu werfen. Sie stutzte, als ihr ein Zettel ganz besonders ins Auge fiel.

»Ähm … Harold?«, wandte sie sich an den Barkeeper, der eben drei Bier zapfte. »Was ist das für eine Nachricht? *Boss wg. Eltern?*«

Der Barkeeper kniff ein wenig die Augen zusammen, als er sich den Zettel ansah. »Oh ja, den wollte ich noch mal neu schreiben, weil mir der etwas verunglückt ist und außer mir keiner weiß, was das heißen soll«, sagte er und zwinkerte ihr zu. »Vor ein paar Minuten haben Ihre Eltern angerufen. Sie sind im Augenblick bei Sir Theodore Prodder, der sie offenbar irgendwann heute in sein Haus eingeladen hat. Da schneit es anscheinend schon länger als hier, und sie kommen im Augenblick dort nicht weg. Wenn der Schnee gar nicht mehr nachlässt, hat Sir Theodore ihnen angeboten, bei ihm zu übernachten. Sie lassen ausrichten, dass es ihnen gut geht und dass es ihnen in Earlsraven sehr gut gefällt.«

»Na, dann werden immerhin Richard III., Henry III. und Edward III. etwas vom Besuch meiner Eltern haben«, sagte sie, enttäuscht darüber, dass an diesem Abend wieder mal nicht sie, sondern drei Königspudel ihren Eltern Gesellschaft leisten würden. »Okay, ich bin dann in meinem Büro.« Beim Hinausgehen fiel ihr Blick auf die Tageskarte. Nathalie las die Gerichte und verließ den Pub. An der Tür zur Küche blieb sie stehen und orderte drei Portionen Gemüselasagne.

»Essen kommt gleich«, sagte sie, als sie ihr Büro betrat, in dem Louise und Ronald Strutner bereits warteten. Sie blieb in der Tür stehen und schüttelte den Kopf. »Gehen wir zu mir. Ich esse oft genug im Büro, aber heute muss das nicht auch wieder sein.«

Sie schloss die Wohnungstür auf und ging hinein, und sofort hatte sie das Gefühl, zu Hause zu sein. Es war ein himmelweiter Unterschied zu den ersten Monaten, als hier noch alles exakt so eingerichtet gewesen war wie zu Zeiten ihrer Tante. Da war es Nathalie immer so vorgekommen, als wäre sie nur zu Besuch, weshalb sie bis zum Eintreffen ihrer eigenen Möbel ausschließlich im Gästezimmer übernachtet hatte. Das war vor kurzer Zeit ungewollt zu einem Katzenzimmer für die streunenden Katzen von Earlsraven geworden, als das Fenster ausgerechnet während einer längeren Schlechtwetterphase tagelang offen gestanden hatte. Für die Streuner war das offenbar eine Einladung gewesen, sich vom Leben unter freiem Himmel zu verabschieden und sich in diesem Zimmer einzuquartieren.

Nathalie und jeder, dem sie davon erzählt hatte, wollte kaum glauben, dass diese Ansammlung aus Einzelgängern in der Lage war, gemeinsam in diesem Zimmer zu schlafen, ohne sich gegenseitig zu zerfleischen. Zwar hatte Nathalie das ehemalige Gästezimmer mit Kratzbäumen und Schlafhöhlen ausgerüstet, damit jedes Tier weitgehend für sich sein konnte, aber sogar die gegenseitigen Attacken an den Futternäpfen und das beständige gegenseitige Anfauchen und Anknurren hatten die Vierbeiner eingestellt, als wüssten sie, dass man sich als

Gast so nicht benehmen sollte. Inzwischen waren sie alle, bis auf zwei sehr scheue Kater, vom örtlichen Tierarzt kastriert worden.

»Ich bringe der Bande nur schnell noch Futter, dann bin ich bei euch«, rief sie Louise und Ronald zu. Sie nahm den großen Sack Trockenfutter, der in der Küche stand, und betrat das Katzenzimmer. Als sie hereinkam, schnarchten ein paar Katzen lauter als so mancher Mensch, andere blinzelten sie verschlafen an und schauten ihr zu, wie sie Trockenfutter in die Näpfe gab, Wassernäpfe auffüllte und ihnen zusätzlich Dosenfutter auf kleine Teller löffelte. Sie überprüfte, ob die neue Katzenklappe sich noch bewegen ließ, damit die Katzen, die unbedingt nach draußen wollten, auch nach draußen gelangen konnten.

Als sie zurückkam, hörte sie eine Frauenstimme und sah Ronald an der offenen Wohnungstür stehen. Louise grinste sie an und hielt einen Finger an die Lippen, damit Nathalie sich ruhig verhielt. »Ja, ich gebe Ihnen in ein paar Minuten Bescheid«, hörte sie den Constable sagen, der daraufhin die Tür schloss und mit rotem Kopf an den Tisch zurückkehrte.

»Habe ich was verpasst?«, fragte Nathalie fröhlich.

»Nein, das war nur … ähm … Miss Warren«, antwortete er so leise, dass sie Mühe hatte, ihn zu verstehen.

»›*Nur*‹?«, wiederholte sie ironisch und redete in besorgtem Tonfall weiter: »Wollte sie etwas von mir? Soll ich zu ihr gehen? Möchte sie etwas aus der Küche auf ihrem Zimmer serviert bekommen?«

Louise zwinkerte ihr zu.

»Nein, sie wollte nur was von mir wissen«, sagte er. Dann kratzte er sich am Kopf und sah auf die Uhr. »Äh … wegen Forrester können wir doch auch noch morgen früh recherchieren, nicht wahr?«

»Warum nicht jetzt?«, fragte sie gespielt ahnungslos. »Es ist gerade mal fünf Uhr durch, wir haben noch jede Menge Zeit.«

»Na ja, ich würde das einfach lieber morgen früh machen«, murmelte er noch etwas verlegener vor sich hin.

Nathalie musterte ihn kurz und beschloss, eine andere Taktik anzuwenden. Unüberhörbar beleidigt sagte sie stattdessen: »Na gut, wie du meinst. Wenn unsere Gesellschaft dich so nervt, dann geh doch nach Hause. Aber vielleicht haben wir dann morgen früh keine Lust zum Recherchieren. Was soll's? Das kriegst du auch ohne uns hin.«

»Herrgott noch mal!«, fauchte Ronald. »Miss Warren hat mich gefragt, ob ich Lust hätte, mit ihr zu Abend zu essen. Im anderen Pub, nicht hier.«

Louise und Nathalie sahen sich an und brachen in ausgelassenes Gelächter aus. Ronald sah zwischen ihnen hin und her und verstand die Welt nicht mehr. »Was ist denn jetzt los?«

»Himmel, Ronald«, prustete Nathalie. »Miss Warren ist auf dich scharf, seit du ihr das erste Mal über den Weg gelaufen bist. Wenn sie mit dir essen gehen will, ist das nichts, was dich in Verlegenheit bringen muss.« Sie sah, wie sich seine Miene entspannte. »Du musst dir auch keine Sorgen machen, was Forrester angeht. Louise und ich können ziemlich gut mit Computern umgehen, und wir werden gewissenhaft nach Informationen über ihn suchen, während du dir einen hoffentlich schönen Abend machst. Passt nur mit dem Schnee auf, wenn ihr ins Dorf geht. Bis jetzt hat der noch nicht nachgelassen«, sagte sie nach einem Blick zum Fenster. Die Leuchtreklame des Cafés war noch eingeschaltet und beschien den wilden Tanz der Schneeflocken.

»Dann macht euch das nichts aus?«, hakte er nach.

»Geh einfach!«, forderte Louise ihn auf. »Geh, bevor wir es uns doch noch anders überlegen.«

»Bin schon weg«, antwortete er, sprang auf, nahm seine Jacke vom Garderobenhaken und verließ die Wohnung.

Nachdem die Tür hinter ihm ins Schloss gefallen war, fragte Louise: »Recherchieren wir jetzt?«

»Ja – nachdem jeder von uns ein Glas Rotwein zur Stärkung getrunken hat und damit uns wieder warm wird«, sagte Nathalie und ging zurück in die Küche, um eine Flasche und Gläser zu holen.

»Damit mir wieder warm wird, brauche ich aber zwei Gläser Rotwein«, verkündete die Köchin, als Nathalie zurückkehrte. »Oder drei.«

»Kein Problem. Ich lasse dich einfach nach jedem Glas ›recherchieren‹ sagen, und wenn ich so was wie ›rescherschereschen‹ zu hören bekomme, dann hast du genug Wein intus. Okay?«

»Klingt fair«, meinte Louise mit einem breiten Grinsen auf den Lippen und griff nach dem Korkenzieher.

Neuntes Kapitel, in dem Nathalie und Louise bei ihren Ermittlungen möglicherweise verfolgt werden

»Da hat sich wohl jemand vor uns bei Forrester umgesehen«, stellte Nathalie fest, als sie am Dienstagvormittag die Wohnung des ermordeten Journalisten in Knowles betraten, einem Dorf, das nur aus einer Ansammlung von Cottages bestand, die mit großem Abstand zueinander die in Schlangenlinie verlaufende Straße säumten. Zwischen diesen Häusern sorgten Bäume und Büsche dafür, dass man den Nachbarn nicht zu sehen bekam, wenn man das nicht wollte.

Ihr Handy klingelte, gerade als Louise Forresters Schlüsselbund wieder einsteckte und an ihr vorbeiging. Nathalie sah auf das Display und seufzte. »Stundenlang höre ich keinen Ton von meinen Eltern, und ausgerechnet jetzt muss Mum anrufen. Ich muss da mal rangehen, Louise.«

Ihre Köchin nickte knapp. »Schon klar. Ich fasse hier noch nichts an.«

Nathalie schlenderte zur Tür und nahm den Anruf an, während ihr Blick über die verschneite Landschaft wanderte. So viel von der weißen Pracht war in diesem Landstrich schon seit Jahren nicht mehr gefallen, aber wenigstens war der gestrige Schneefall nicht von Dauer gewesen. Dadurch waren die Straßen frei genug gewesen, um sich auf den Weg nach Knowles zu machen, was sie eigentlich auf den Nachmittag hatten legen wollen. Da Nathalie jedoch ihre Eltern zunächst nicht erreicht hatte und etwas später eine SMS mit dem Hinweis *Wir sind um 15 Uhr zurück* eingegangen war, war sie zusammen mit Louise nach Knowles gefahren. Constable Strutner hatte ihnen telefonisch grünes Licht gegeben.

Ronald hatte womöglich einen schönen Abend mit dieser Miss Warren verbracht, mit Gewissheit war das jedoch nicht zu sagen, da seine Standardantwort auf alle Fragen nur »Ein Gentleman genießt und schweigt« lautete. Ob und wann Miss Warren ins Black Feather zurückgekehrt war, konnte Nathalie nicht sagen; sie wusste nur, dass sie frühmorgens im Café gesessen und gefrühstückt hatte. Wenn ihr Lächeln irgendeinen Maßstab darstellte, musste es ein schöner Abend und vielleicht auch mehr als nur der Abend gewesen sein.

Weil auf der Landstraße westlich von Earlsraven ein Bus vier Personenwagen gerammt hatte und anschließend in den Graben gerutscht war, hatte Ronald die nächsten Stunden alle Hände voll zu tun. Deshalb hatten Nathalie und Louise beschlossen, sich auch ohne den Constable in Forresters Haus umzusehen.

»Hallo, Mum«, sagte Nathalie. »Wo seid ihr?«

»Guten Morgen, Schatz! Wir sind auf dem Rückweg in dein Hotel.«

»Ich dachte, ihr wollt erst gegen drei Uhr wieder da sein«, gab sie verwundert zurück.

»Ja, das hatten wir auch ursprünglich vor, weil Theo uns noch eine alte Burgruine zeigen wollte«, erklärte ihre Mum. »Aber auf der Strecke hat sich ein Unfall mit einem Bus ereignet, und dadurch ist die Straße zu.«

»Theo?«, wiederholte sie verständnislos. »Wer ist Theo?«

»Sir Theodore natürlich«, sagte ihre Mutter. »Du weißt doch, wer das ist. Der Mann mit den Pudeln.«

»Ja, ja, ich weiß, wer Sir Theodore ist«, entgegnete Nathalie ein klein wenig gereizt. »Ich kenne nur niemanden, der ihn Theo nennt.«

»Ach, das ist ein ganz lieber und völlig unkomplizierter Mensch«, redete Juliet weiter. »Wusstest du eigentlich, dass er den ›Sir‹ nur wegen eines Irrtums erhalten hat? Er war nämlich …«

Während ihre Mutter erzählte, ohne auf eine ihrer Fragen eine Antwort abzuwarten, ließ Nathalie den Hörer ein wenig sinken, sah Louise an und verdrehte schließlich schmunzelnd die Augen. Ihre Mutter berichtete zwei Minuten später immer noch von Sir Theodore, bis es Nathalie zu bunt wurde. »Mum, weshalb hast du angerufen? Das von The…, von Sir Theodore kannst du mir nachher auch noch erzählen. Louise und ich sind hier gerade dienstlich unterwegs …«

»Ach ja, gut, dass du das erwähnst, Schatz«, erwiderte ihre Mutter erfreut. »Das hätte ich fast vergessen. Wir sind vorhin dem netten Constable begegnet, als Theo mit uns zur Ruine fahren wollte. Als wir auf dich zu sprechen kamen, meinte er, du seist mit deiner Köchin unterwegs, um für ihn zu ermitteln. Das klingt sehr gefährlich. Ich glaube nicht, dass du das tun solltest, Schatz.«

»Den Constable darfst du nicht so ernst nehmen, Mum«, sagte sie ausweichend und warf Louise einen ungläubigen Blick zu, dabei schüttelte sie den Kopf. »Polizisten haben ihre ganz eigene Sprache, und wenn Ronald von ›ermitteln‹ redet, dann meint er damit eigentlich ›recherchieren‹. Wir sind nur zur nächsten größeren Bibliothek gefahren, weil wir etwas für ihn nachschlagen wollen.«

Louise kam näher zur Tür, zog eine Augenbraue hoch und sah Nathalie fragend an.

»Na, dann bin ich ja beruhigt«, entgegnete Juliet. »Ich dachte schon, das hätte was mit diesem Toten zu tun, der in einem Schneemann gesteckt haben soll.«

Nathalie verzog den Mund. Es war ja klar gewesen, dass ihre Eltern früher oder später von dem Toten erfahren würden, weil in ganz Earlsraven im Augenblick von nichts anderem die Rede war. Und da die beiden ja mehr als genug Zeit mit den Dorfbewohnern verbracht hatten – die eigene Tochter ausgenommen –, war damit zu rechnen gewesen, dass irgendjemand das Thema zur Sprache bringen würde.

»Ich wollte euch ja davon erzählen, aber …«, begann sie.

»Das war bestimmt eine Abrechnung unter Rockern«, wurde sie von ihrer Mutter unterbrochen. »Die machen so was ja ständig. Doch ich bin mir sicher, dass die mit diesem hübschen Dorf nichts zu tun haben.«

Während ihre Mutter redete und redete, bemerkte Nathalie einen alten Bedford Transporter mit dunkel getönten Scheiben, die den Fahrer nicht erkennen ließen. Mit einer kaum merklichen Kopfbewegung machte sie Louise auf den Wagen aufmerksam. Die Köchin deutete die winzige Geste richtig und drehte sich nicht sofort nach dem Transporter um, sondern verfolgte aus dem Augenwinkel, wie der Wagen an Forresters Haus vorbeifuhr. Wegen der dunklen Scheiben war nicht zu erkennen, ob der Fahrer sie beobachtete.

»… auf jeden Fall sehen wir uns heute Nachmittag«, sagte Juliet. »Viel Spaß bei eurer Recherche, und denk immer daran, dass man in einer Bibliothek nur flüstert.«

»Genau deswegen hast du Glück gehabt, dass du uns ein paar Meter vor dem Eingang erwischt hast, Mum. Ich wollte nämlich gleich mein Handy auf ›lautlos‹ stellen.«

»Tu das, mein Schatz«, erwiderte ihre Mutter und legte auf.

»Wir sind in einer Bibliothek?«, sagte Louise mit gespieltem Erstaunen.

Nathalie winkte ab. »Ronald hat ihnen erzählt, dass wir ihm beim Ermitteln helfen, und natürlich ist Mum in heller Aufregung, weil sie glaubt, wir würden Schwerverbrecher verhören oder etwas in der Art.« Sie tippte auf ihr Handy. »Ich schicke Ronald eine SMS, damit er nicht solche Bemerkungen in Gegenwart meiner Eltern macht, sonst werden die beiden auf mich einreden, dass ich Earlsraven schnell wieder verlasse.« Als sie fertig war, fragte sie: »Was hältst du von diesem Transporter?«

»Irgendwie seltsam, dass der ausgerechnet jetzt hier langfährt, kurz nachdem wir eingetroffen sind«, sagte sie. »Andererseits hat es vielleicht gar nichts zu bedeuten. Seriöse zwielichtige Gestalten würden eher davon absehen, weil es viel zu auffällig ist, und stattdessen zu einem unauffälligen weißen Transporter neuerer Bauart greifen, von denen Tausende rumfahren. Dieser Bedford ist schon kurios genug, um aufzufallen, und dann noch schwarze Scheiben …« Sie zuckte unschlüssig mit den Schultern. »Andererseits kann genau das aber auch Absicht sein, wenn derjenige davon ausgeht, dass jeder das in Erwägung zieht …«

»Hm«, machte Nathalie. »Also kann er verdächtig sein, muss aber nicht.« Sie sah nach links, doch durch die schneebedeckten hohen Büsche konnte sie nicht allzu weit schauen. »Wir werden ja sehen, ob er uns anschließend nach Earlsraven folgt. Seltsam, aber ich meine, mich zu erinnern, dass ich den Transporter kürzlich bei uns habe rumfahren sehen.« Schließlich schüttelte sie den Kopf und wandte sich wieder Forresters Cottage zu, das nur aus wenigen Räumen bestand, in denen alles umgeworfen, ausgeleert und aus den Schränken gerissen worden war.

»Jemand hat hier wirklich gründliche Arbeit geleistet«, murmelte Louise bei dem Anblick komplett geleerter Bücherregale, offen stehender Schränke und leerer Schubladen. »Etwas zu gründlich, würde ich sagen.«

»Wie meinst du das?«, gab Nathalie zurück. »Wie kann man zu gründlich suchen?« Sie folgte ihr in die kleine Küche, in der es nicht besser aussah, von dort zurück in den Flur und eine schmale, knarzige Treppe hoch ins Dachgeschoss, wo sich das Schlafzimmer und das Bad befanden. Auch in den beiden Räumen war alles verwüstet und durchwühlt worden. Im Badezimmer hatte man sogar ein paar Kacheln abgeschlagen, um nach Hohlräumen zu suchen.

Sie kehrten ins Erdgeschoss zurück und betraten den letzten noch verbliebenen Raum, der sich als Büro entpuppte.

»Ich will damit Folgendes sagen«, antwortete Louise schließlich und deutete auf das Chaos, das auch in diesem Zimmer herrschte. »Wenn ich eine Wohnung durchsuche, weil ich ein Dokument oder eine Schmuckschatulle suche, dann kann man doch davon ausgehen, dass ich nach einer gewissen Zeit fündig werde, und dann lasse ich den Rest der Wohnung in Ruhe, weil ich nichts mehr suche. Es ist doch sehr unwahrscheinlich, dass derjenige, der das hier veranstaltet hat, von Anfang an in den falschen Ecken gekramt hat und erst in der allerletzten Schublade fündig wurde.«

Nathalie schaute nachdenklich drein. »Du meinst, diese Person hat alles durchsuchen müssen, weil das gesuchte Teil gar nicht hier ist?«

»Genau das meine ich.«

»Ich schlage vor, wir sichten die Papiere, die hier im Büro kreuz und quer liegen. Vielleicht fällt uns ja irgendwo ein Name auf, der uns weiterhilft.« Nachdem sie den Blick einmal durch den Raum hatte schweifen lassen, stöhnte Nathalie leise auf. »Das sieht zwar nach einer Menge Arbeit aus, aber anders kommen wir ja wohl nicht weiter.« Sie griff wahllos in den Wust aus Zetteln in allen Größen und Farben, dann begann sie, sie zu sortieren.

Nachdem sie beide eine gute Stunde lang Unterlagen geordnet und überflogen hatten, stutzte Nathalie. »Sag mal, Louise. Es kann ja sein, dass ich immer die falschen Papiere erwische, aber … wenn man Enthüllungsjournalist ist, hat man doch eigentlich Berge von Notizen und Kopien von irgendwelchen Briefen und Ausdrucke von E-Mails, Namen und Telefonnummern und E-Mail-Adressen von Kontaktleuten … oder nicht?«

»Davon gehe ich aus«, stimmte ihre Köchin ihr zu. »Forrester muss ja beweisen können, was er enthüllen will. Wieso fragst du?«

»Weil nichts hiervon danach aussieht. Das sind Faxe und Ausdrucke von E-Mails von Pizzabestellungen und Beschwerden bei seiner Telefongesellschaft. In den Ordnern finde ich nur Kontoauszüge oder Briefe von seinem Anwalt und von irgendwelchen Gerichten. Aber das betrifft nur Vorgänge, die fünf oder zehn Jahre alt sind. Ich finde hier nichts Aktuelles.« Sie nahm einen der wenigen

Ordner, die noch im Regal standen, und klappte ihn auf. »Steuerbescheide aus den Neunzigern.« Sie legte den Ordner zur Seite und nahm einen anderen heraus, warf einen Blick hinein und schüttelte den Kopf. »Reparaturrechnungen für seinen Wagen von … Mein Gott, hier sind ja Rechnungen von 1978 drin. Sieh dir das an … *Kilometerstand: 1864 Meilen.*« Nathalie schüttelte den Kopf. »Wo sind die aktuellen Sachen, an denen er gearbeitet hat?«

Louise zuckte mit den Schultern. »Wenn ich sehe, was hier rumliegt und wie viele Ordner noch in den Regalen stehen, kann ich mir nicht vorstellen, dass der Mörder irgendetwas mitgenommen hat. Egal, in welcher Sache Forrester aktuell recherchiert hat, es müssten sicher einige Ordner mit Dokumenten zusammenkommen, doch für die wäre hier gar kein Platz.«

»Vielleicht hat er ja alles eingescannt und in irgendeiner Cloud gespeichert, damit hier niemand etwas finden kann«, gab Nathalie zu bedenken und zeigte auf den Schreibtisch, auf dem diverse Kabel darauf hindeuteten, dass da ein Laptop gestanden hatte, der jetzt nicht mehr da war.

»Sofern es tatsächlich darum gegangen ist«, wandte Louise ein.

»Wieso? Was meinst du?«

»Na, es könnte doch sein, dass das hier alles nur ein Ablenkungsmanöver ist, um uns beziehungsweise die Polizei glauben zu lassen, jemand habe den *Journalisten* Forrester ermordet«, betonte Louise. »Damit geraten automatisch alle unter Verdacht, die befürchten müssen, durch seine Enthüllungen entlarvt zu werden und Macht und Einfluss und viel Geld zu verlieren. Aber was ist, wenn es dem Täter um etwas ganz anderes ging? Beispielsweise um die Auszahlung einer Lebensversicherung?«

Nathalie entging nicht, dass Louise an ihr vorbei auf

das Regal hinter ihr sah. Sie drehte sich um und entdeckte einen Ordner mit der Beschriftung *Versicherungen + Verträge*, nahm ihn heraus und schlug ihn auf. Louise stellte sich zu ihr und überflog die Policen, während Nathalie von Zeit zu Zeit weiterblätterte.

»Keine Lebensversicherung«, murmelte Nathalie. »Rechtschutz, Unfall, Berufshaftpflicht … nichts, woran jemand verdienen würde, wenn er Forrester umbringt. Da kommen nur noch allgemeine Verträge … Kaufvertrag für den Wagen … das Haus … ein Mietvertrag für eine …« Sie hielt inne und wandte sich an Louise, die wieder einen Schritt von ihr weggetreten war und Decke und Wände betrachtete, als überlegte sie, ob dort irgendwo Platz für die Unterlagen wäre, die sie hier hätten vorfinden müssen. »Hilf mir mal auf die Sprünge, Louise. Wo liegt Nether Battersleigh?«

»Unterhalb von Battersleigh«, antwortete die Köchin gedankenverloren.

»Aha«, sagte sie ironisch. »Und Upper Battersleigh liegt oberhalb?«

»M-hm.« Louise nickte.

»Danke, das war sehr hilfreich.«

Endlich bemerkte Louise das Grinsen auf Nathalies Gesicht. »Was denn?«

»Wenn ich nicht weiß, wo Battersleigh liegt, sagt mir das auch nichts darüber, wo ich Nether Battersleigh finden kann.«

»Oh! Stimmt. Tut mir leid, Nathalie. Nether Battersleigh? Das liegt auf halber Strecke nach Earlsraven. Ein bisschen südlich davon.«

»Also … gut fünfundzwanzig Meilen von hier entfernt?«

Die andere Frau nickte nach kurzem Überlegen. »Wieso fragst du?«

»Weil ich mich wundere, dass Forrester fünfundzwanzig Meilen von hier entfernt eine Doppelgarage gemietet hat, und das schon seit Jahren«, erklärte sie. »Wenn er seinen Wagen da abstellen würde, müsste er sich einen Zweitwagen anschaffen, um von der Garage nach Hause zu kommen.«

»Ein Lager!«, rief Louise. »Da sind seine Unterlagen!«

Nathalie nickte. »Das würde ich auch sagen.« Sie nahm den Vertrag aus dem Ordner. »Den stecke ich lieber ein. Nicht, dass der Killer noch mal herkommt, einen Geistesblitz hat und die Adresse herausfindet.«

Sie verließen das Cottage, gerade als sich der Bedford Transporter in Bewegung setzte, der vor dem Haus gestanden haben musste. Er fuhr in die Richtung ab, aus der er zuvor gekommen war.

»Entweder er hat die Geduld verloren, oder es ist ein merkwürdiger Zufall, dass er gerade jetzt abfährt«, überlegte Nathalie.

»Auf jeden Fall sollten wir die Augen offen halten.«

Da kein weiterer Schnee gefallen war und es sogar ein wenig zu tauen begonnen hatte, kamen sie gut voran und erreichten nach etwas mehr als einer halben Stunde Nether Battersleigh. Der Ort war eigentlich nichts weiter als eine ausgedehnte Werkssiedlung irgendeines Betriebes, der offenbar vor langer Zeit stillgelegt und abgerissen worden war. Zurückgeblieben war die Siedlung, die um die Zeit des Ersten Weltkriegs herum entstanden sein musste.

Viele dieser Häuser standen leer, aber auch die, die noch bewohnt wurden, befanden sich in einem ziemlich schlechten Zustand. Die abbröckelnden Fassaden ließen an den Stellen, an denen Stücke der Ziegelsteine herausgebrochen waren, deutlich erkennen, wie dunkel – fast schwarz – das ursprüngliche Rot inzwischen geworden war.

Auf der Fahrt durch die Kopfsteinpflastergassen kam es Nathalie so vor, als hätte sie soeben eine Zeitreise unternommen, da nicht ein einziger Wagen am Straßenrand geparkt war, der später als Mitte der Neunzigerjahre gebaut worden war. Es schien, als wäre seitdem niemand hier mehr in der Lage gewesen, sich ein neues Auto anzuschaffen.

»Da rechts.« Louise zeigte auf die abzweigende Straße, in der die eine Seite von weiteren Wohnhäusern gesäumt wurde, während man auf der anderen Straßenseite in eine Gasse nach der anderen einbiegen konnte, in denen sich Garage an Garage reihte.

»*512 … 513 … 514*«, las Nathalie im Vorbeifahren von den Toren ab. »Das ist es. Die 515 und die 516.« Sie hielt an, sie stiegen aus, und dann begann die Suche nach dem richtigen Schlüssel.

»Natürlich der letzte«, grummelte Louise, als endlich ein Schlüssel auf das Vorhängeschloss passte. Sie öffnete es und zog den rechten Flügel des Holztors auf. Dann stutzte sie. »Was ist denn das?«

Zehntes Kapitel, in dem wichtige Unterlagen auftauchen und Nathalie unerwartet in den Lauf einer Pistole sieht

Als sie das Tor geöffnet hatten, standen sie vor einer Wand aus Umzugskartons, die mit *Bücher*, *Küche*, *Kinderzimmer* und Ähnlichem beschriftet waren.

»Forrester hat hier seinen Hausrat untergebracht?«, wunderte sich Nathalie und stellte sich auf die Zehenspitzen, doch die Kartons waren so hoch gestapelt, dass sie nicht dahinterschauen konnte.

»Versuchen wir's mal nebenan«, schlug Louise vor. »Immerhin hat er eine Doppelgarage gemietet. Wenn das alles nur mit Hausrat vollgestopft wäre, müsste er ja mal in einem Herrenhaus gewohnt haben, um so viel Krempel zusammenzubekommen.«

Sie schloss die Garage nebenan auf, sah sich aber auch da einer Wand aus Umzugskartons gegenüber.

»Vielleicht hat er die Kartons auch einfach falsch beschriftet, um Leute zu täuschen, die zufällig vorbeigekommen sind, wenn er hier war, um seine Unterlagen zu sichten«, sagte Nathalie und zog den ersten Karton vom Stapel. »Was ist denn das? Der wiegt ja gar nichts.« Sie stellte den Karton hin, um ihn zu öffnen. Auf dem Boden lagen ein paar Zeitungen, die gerade für genügend Gewicht sorgten, dass der Umzugskarton nicht beim erstbesten Windstoß umgeweht wurde.

»Wenn du mit deinem Karton fertig bist …« Louise deutete mit dem Daumen auf die entstandene Lücke.

»Was …?«, begann Nathalie und richtete sich gleichzeitig auf. Dabei fiel ihr Blick auf das, was sich hinter der Lücke befand. »Sehe ich das richtig? Ist das dahinter etwa ein Gitter?«

»Scheint so. Komm, ich reiche dir die Kartons an.« Louise räumte Stück für Stück die Umzugskartons weg. Augenblicke später standen sie vor einem von Wand zu Wand und vom Boden bis zur Decke reichenden Gitter, in das eine Tür eingelassen war. Louise durchsuchte den Schlüsselbund und fand den passenden Schlüssel. Sie öffneten die Gittertür, fanden links einen Lichtschalter und standen gleich darauf in einem Raum voller Metallboxen, die mit verschiedenen Kürzeln versehen waren.

Nathalie deutete auf die erste Box und sagte: »Ich überlasse dir die Ehre, den ersten Blick hineinzuwerfen.«

»Lass uns das gemeinsam machen«, gab Louise zurück, dann legten sie zusammen fast andächtig den Bügel um, der den Deckel auf der Kiste hielt. Sie hoben den Deckel an und sahen hinein. Mehrere Ordner lagen in der Box, außerdem ein Stapel CDs in durchsichtigen Plastikhüllen. Zwei USB-Sticks steckten in einer Hülle, die an der Innenwand klebte.

»*Projekt: Brexit – die Wahrheit*«, las Nathalie vom Rücken des Ordners vor. »Was steht da darunter? Ah … *Wahlmanipulation.*« Sie schlug den Ordner auf und betrachtete die Fotos von Stimmzetteln und von Listen der Wahlbüros, in die eingetragen wurde, welche Seite wie viele Stimmen bekommen hatte. Mit einem wasserfesten roten Stift war markiert worden, wo man bei der Auszählung der Stimmzettel Fehler gemacht hatte – vielleicht aus Nachlässigkeit, vielleicht mit Absicht.

»Himmel, wenn das stimmt …«, begann Louise.

»Warum sollte es nicht stimmen?«, gab Nathalie zurück. »Das sieht für mich sehr professionell aus.«

»Das ist ja das Problem. Jedes Kind kann heute mit einem billigen Programm Fotos und Dokumente zusammenfügen. So was lässt sich alles manipulieren«, warnte Louise sie. »Soviel ich gelesen habe, war Forrester aber jemand, der sehr kritisch mit solchen Dingen umgegangen ist und sich erst x-mal rückversichert hat, ehe er jemanden angeprangert hat.«

Sie schloss den Deckel wieder, Nathalie nahm sich die nächste Kiste vor. »Das sind Unterlagen zu diesem belgischen Atomreaktor … Doel heißt der … Statistiken über Leukämiefälle in der Umgebung … Gutachten … Gegengutachten … Fotos, die … keine Ahnung … irgendwas Durchgerostetes zeigen. Garantiert nichts Harmloses.«

»Ganz sicher nicht«, stimmte Louise ihr zu und öffnete die nächste Kiste. »Hm?«, murmelte sie.

»Eine Akte über jemanden, den wir kennen?«

»Mh-mh«, kam nur als Antwort, da Louise sich in eine der Akten vertieft hatte. »Davon habe ich noch nie gehört.«

»Wovon?«, wollte Nathalie wissen.

»Raven's Gate«, sagte Louise und überflog weiter den Text. »In der Nähe von Earlsraven gibt es einen stillgelegten Flughafen, der im Zweiten Weltkrieg der Royal Air Force diente. Seit Jahren heißt es, dass daraus ein Landschaftsschutzgebiet werden soll ... und jetzt lese ich zum ersten Mal, dass dort ein Haufen Investoren unsere lieben Politiker schmiert, um sie zum Umdenken zu bewegen.«

»Was soll denn stattdessen da entstehen?«

»Eine dieser Luxusstädte, die von einem hohen Zaun umgeben sind und in die man nur reinkommt, wenn man sich bei einem Pförtner anmeldet«, redete sie weiter und blätterte eine Mappe mit Fotos durch. »Hier, sieh dir das an! Fotos von einem aktuellen Gutachten über die Gefahren für die Natur, wenn diese Stadt dort entsteht. Und da hat jemand mit rotem Stift vermerkt: *Totschweigen, Projekt sonst gestorben!* Fein säuberlich mit Unterschrift versehen. Ha! Diesen Abgeordneten kenne ich persönlich.« Louise schüttelte den Kopf. »Ich konnte ihn noch nie ausstehen, und jetzt weiß ich auch, warum.«

»Ist denn da schon was beschlossen?«, hakte Nathalie nach. »Vielleicht müssen wir ja sofort an die Öffentlichkeit gehen.«

Louise sah sich die Mappe an und entdeckte einen Vermerk. »Hier steht was: *Ab März häppchenweise weitergeben.* Na, dann haben wir ja noch etwas Zeit.«

Nathalie sah sich die Fotos an, die Forrester oder ein anderer gemacht hatte und die Zeichnungen dieser geplanten umzäunten Stadt zeigten. Selbst in dieser Form wirkte das Ganze wie ein Schandfleck mitten in unberührter Natur. »Diese Abscheulichkeit müssen wir unbedingt verhindern. Wenn einer den Anfang macht, werden andere nachziehen, und irgendwann kommt ein

Investor, guckt sich Earlsraven an und erklärt: ›Sehr schön, das wird dann der Golfplatz.‹« Bei dem Gedanken schüttelte sie sich. Sie beugte sich vor, um die Dokumente in die Kiste zurückzulegen. Plötzlich vernahm sie ein dumpfes »Plonk!« und stutzte.

»Hast du das auch gehört?«, fragte sie Louise.

Die nickte. »Ja, als wäre irgendwas in eine dieser Kisten gefallen. Bestimmt ist in den beiden was ins Rutschen geraten, in die wir zuerst geguckt haben.«

»Vermutlich ja«, stimmte Nathalie ihr zu und schaute sich um. »Das sind ja Dutzende Vorgänge, an denen Forrester gleichzeitig gearbeitet hat. Wie kriegt man so was auf die Reihe?«

Louise las die Beschriftungen auf den anderen Kisten, die vorwiegend aus Kürzeln bestanden. »Ich glaube, das sieht schlimmer aus, als es ist. Nimm nur mal dieses Projekt ›Raven's Gate‹. So was zieht sich über Jahre hin. Da kommt diese Woche mal eine Kopie von einem Schreiben, das jemand irgendwo rausgeschmuggelt hat, und in vier Wochen liefert irgendwer Forrester den Mitschnitt eines Telefonats. In drei Monaten schafft es jemand, das Protokoll einer streng geheimen Besprechung zu kopieren und ihm zuzuspielen. Das liest er durch, sieht drei oder vier Punkte, denen intensiver nachgegangen werden muss, sagt das seiner Kontaktperson, die es einer anderen Kontaktperson weitersagt. Dann dauert es wieder ein paar Wochen, bis die Information jemandem entlockt worden ist. Und so geht das bei all diesen Projekten, die er sich vorgenommen hat.« Louise schüttelte anerkennend den Kopf. »Allerdings bin ich schon erstaunt, wenn ich sehe, für wie viele Themen er sich interessiert hat. Er war verdammt engagiert.«

»Und das hat ihn jetzt wahrscheinlich das Leben gekostet«, ergänzte Nathalie. »Es wäre gut zu wissen, wer den Killer auf ihn angesetzt hat. Dann wüssten wir, welchem Skandal Forrester so dicht auf den Fersen war, dass er zum Schweigen gebracht werden musste. So hätten wir die Möglichkeit, jemandem noch schnell die Unterlagen zukommen zu lassen, damit die Verantwortlichen zu Fall gebracht werden.« Sie stutzte, da ihr etwas in den Sinn kam. »Sag mal, was machen wir eigentlich mit diesen Unterlagen? Der Mietvertrag erlischt jetzt, aber wir können doch nicht zulassen, dass das alles auf dem Müll landet.«

Louise ging zu einer Metalltür im hinteren Teil der Garage, die in die Nebengarage führte. Als Nathalie ihr nach nebenan folgte, wunderte es sie nicht, dass sich dort weitere dieser Kisten stapelten. In einem Punkt unterschieden sich die aber von den anderen, da sie in Folien eingewickelt und eingeschweißt worden waren. »Sind das die alten Fälle?«

Louise las ein paar der Beschriftungen. »Sieht ganz danach aus«, erwiderte sie und nickte zu ihrer eigenen Bestätigung. »Ja, da sind Daten vermerkt, wann was weitergegeben wurde. Das hier ist Forresters Archiv. Nebenan sind die laufenden Vorgänge.«

»Also?«, hakte Nathalie nach. »Was fangen wir damit an? Wo sollen wir das hinschaffen? Und was sagen wir Ronald? Wir können ihm das nicht verheimlichen.«

»Lass uns erst mal gehen«, meinte die Köchin. »Wir haben die Adresse des Vermieters. Notfalls übernehmen wir für ein oder zwei Monate die Miete, bis geregelt ist, was mit den Unterlagen passiert.«

Sie verließen die Garage, stellten die Kartons wieder vor das Gitter und schlossen beide Tore ab. Nachdem sie losgefahren waren, nahm Louise den Faden wieder auf. »Diese Kisten in der linken Garage sind ein wahres Pulverfass, die in der rechten haben eher historische Bedeutung. Immerhin haben die unter anderem einige Minister straucheln lassen. Das ist alles Geschichte, das könnte man einer Bibliothek übergeben. Oxford zum Beispiel. Das ist was für Fächer wie Geschichte oder Politik.«

»Und die laufenden Fälle?«, wollte Nathalie wissen, während sie immer wieder in den Rückspiegel sah, ob irgendwo der Transporter mit den dunkel getönten Scheiben auftauchte. »Was sagen wir Ronald? Verschweigen können wir das doch nicht.«

»Wenn wir es ihm erzählen, muss er es als mögliches Beweismaterial beschlagnahmen, Nathalie. Wenn diese Unterlagen erst mal bei der Polizei sind, wird die davon kein einziges Blatt mehr rausrücken. Erst recht nicht, wenn Forrester sogar noch vertuschte Polizeigewalt aufgedeckt haben sollte. Wir können ihm von dem archivierten Material erzählen, und wenn wir ihm klarmachen, dass das nur noch historischen Wert besitzt, aber nichts mit dem Mord an Forrester zu tun hat, wird ihn das nicht weiter interessieren.« Sie starrte eine Weile vor sich hin, schließlich hellte sich ihre Miene auf. »Wir müssen uns mit Forresters Kontakten befassen und nachsehen, wer in der Vergangenheit von ihm Material erhalten hat, um es zu veröffentlichen. Die werden uns diese Kisten begeistert aus den Händen reißen.«

»Lass die Unterlagen über dieses Raven's Gate bei uns«, bat Nathalie die Köchin. »Wenn Forresters Kontakte alle weiter nördlich zu Hause sind, ist dieses Bauprojekt vielleicht nicht so interessant für sie, und dann gerät das in Vergessenheit, und wir haben nichts in der Hand, wenn die vor unserer Nase anfangen zu bauen.«

Louise nickte. »Ja, du hast recht. Wenn, müssen wir die Menschen in der Umgebung mobilisieren, damit sie dagegen protestieren. Diese Unterlagen brauchen wir hier. Die Presse können wir dann immer noch dazuholen.«

Als sie gegen Viertel vor drei das Black Feather erreicht hatten und Nathalie zu den Parkplätzen an der Terrasse fuhr, fiel ihr sofort der Bedford Transporter auf, der auf der anderen Straßenseite parkte. »Er ist uns nicht gefolgt, er ist vorausgefahren«, sagte sie. Ein Schauer lief ihr über den Rücken. Wenn der Fahrer wusste, dass sie von Forresters Wohnung aus zum Black Feather zurückfahren würden, was hatte er womöglich noch über sie in Erfahrung gebracht? Ging von dem Fahrer eine Bedrohung für sie aus? »Ich habe kein gutes Gefühl, was den Wagen angeht.«

»Da sind wir schon zwei«, entgegnete Louise.

Sie stellte den SUV neben das Auto ihrer Eltern, dann stiegen sie aus, warfen noch einen unauffälligen Blick auf den Transporter und gingen schließlich zum Black Feather. Ob jemand hinter dem Steuer saß, konnten sie wegen der dunkel getönten Scheiben nicht sehen. Obwohl die Sonne schon relativ niedrig stand, war die Luft noch genauso angenehm warm wie vor zwei Stunden. Nathalie hoffte, dass diese leichten Plusgrade auch über Nacht anhielten, damit nicht alles, was den Tag über getaut war, gleich wieder überfror.

Sie hatten fast den Eingang zum Café erreicht, da wurde die Tür geöffnet, und Juliet sah sie beide erfreut an.

»Ihr habt's ja doch noch geschafft!«, rief sie und drückte Nathalie an sich, ehe Robin seine Tochter seinerseits an sich zog und sie herzhaft auf die Wange küsste.

Nathalie sah die Koffer, die an der Theke standen. »Oh nein, ihr wollt wirklich schon losfahren? Euer Flug geht doch erst viel später.«

»Kind, wir wollen mit gutem Beispiel vorangehen«, erwiderte ihr Vater. »Wenn wir unseren Kunden immer predigen, dass sie lieber eine Stunde zu früh als drei Minuten zu spät am Flughafen sein sollen, können wir doch nicht selbst das Risiko eingehen, uns zu verspäten.«

»Dad! Mum!«

»Schatz, wir haben uns hier wunderbar amüsiert«, versicherte ihre Mutter ihr. »Wir haben so viele nette Leute kennengelernt. Allein das war es schon wert herzukommen.« Ihr Vater nickte bekräftigend, um jedes Wort zu unterstreichen.

»Aber ich habe von euch kaum was gehabt«, protestierte Nathalie.

»Kind, das ist doch nicht so schlimm«, beteuerte ihr Vater. »Ist doch klar, dass du ständig was zu erledigen hast, wenn du ein Lokal wie das Black Feather führst. Ein Pub macht schon viel Arbeit, ein Café ebenfalls … und dazu noch ein Hotel! Nathalie, wir sind wirklich stolz auf dich, und wir haben volles Verständnis dafür, dass diese Arbeit Vorrang hat. Außerdem ist es ja so, wie deine Mutter gesagt hat: Wir haben hier eine wundervolle Zeit verbracht. Doch jetzt müssen wir …«

»Robin, du hast was vergessen«, raunte Nathalies Mutter ihrem Mann zu.

»Ich habe was vergessen?«

»Na, du weißt schon. Am ersten Abend …«

Ihr Vater machte eine erschrockene Miene. »Oh Gott, daran habe ich tatsächlich nicht mehr gedacht.« Bei diesen Worten zog er die Brieftasche hervor, zählte etwas ab und drückte Nathaniel sechs Fünfzig-Pfund-Noten in die Hand. »Du sollst schließlich nicht um dein Geld gebracht werden, nur weil deine Mum und ich eine Lokalrunde nach der anderen gegeben haben. Ich habe deinen Barkeeper ausrechnen lassen, was der Abend gekostet hat, und dann noch ein bisschen aufgerundet. Für die Kaffeekasse«, fügte er mit einem Augenzwinkern an.

»So, jetzt müssen wir aber los«, sagte er, umarmte Nathalie fest, griff nach dem Gepäck und verließ mit Nathalies Mutter, die ihr noch einen Kuss zuwarf, das Black Feather.

Nachdem die Tür hinter ihnen zugefallen war, drehte sich Nathalie zu Louise um. »Habe ich das gerade eben richtig mitbekommen? *Ich* hatte keine Zeit für meine Eltern? *Ich* hatte Wichtigeres zu tun? Wer war denn ständig auf Achse? Ich habe doch bloß in der Zeit etwas anderes unternommen, weil meine Eltern mit anderen Leuten unterwegs waren, nur nicht mit mir!«

Louise legte einen Arm um ihre Schultern. »Ärger dich nicht, Nathalie! Wenigstens hatten deine Eltern Verständnis. Sie hätten genauso gut zutiefst beleidigt sein können, und dann hättest du wirklich Grund, dich zu ärgern.« Sie drückte Nathalies Schulter. »Immerhin hat dein Dad für seine Spendierlaune bezahlt. Das war ja eigentlich gar nicht das Ziel. Da hat er sich jetzt sehr korrekt verhalten.«

Nathalie seufzte leise. »Ja, stimmt schon. Trotzdem hätte ich gern etwas mehr Zeit mit ihnen verbracht.«

»Das kannst du im neuen Jahr ja nachholen«, sagte Louise. »Dann lädst du sie ein und wirst nicht von ihrem Besuch überrascht. Und vorher kannst du dir alles Mögliche überlegen, was ihr zusammen unternehmen wollt.«

Nathalies Blick fiel auf den Kalender neben der Tür. »Oh verflixt, wir haben schon den Achtzehnten. Wollten heute nicht die Baldwin-Schwestern herkommen und die Weihnachtsdeko anbringen?«

»Ja, das kommt hin. Doch ich vermute, sie sind durch den Schnee mit ihren Aufträgen in Verzug geraten.«

Nathalie schüttelte den Kopf. »Das mag ja sein, aber wir brauchen unsere Deko. Ich rufe da sofort mal an und werde …« Sie fasste tiefer in die Tasche, durchsuchte alle anderen Jacken- und Hosentaschen, doch das Gesuchte blieb verschwunden. »Wo … wo ist mein Handy?«

»Du suchst dein Handy?«

»Ja, wenn ich die Winterjacke trage, habe ich es immer hier oben in der Brusttasche. Aber da ist nichts«, stellte sie erschrocken fest.

Louise zog ihr Telefon aus der Tasche. »Ich rufe dich jetzt an.« Sie tippte die Kurzspeichertaste für Nathalies Nummer und wartete, bis das Freizeichen ertönte. Ein Klingeln war nirgends zu hören.

»Oh nein!«, stieß Nathalie frustriert aus. »Ich glaube, ich weiß, wo das Handy ist.«

Die Köchin sah sie abwartend an, während Nathalie den Kopf schüttelte und ein leises Wimmern von sich gab.

»Erinnerst du dich an das seltsame Geräusch in Forresters Garage?«, fragte Nathalie schließlich. »Dieser dumpfe Knall, als wäre was hingefallen! Das war bestimmt mein Handy! Als ich mich weit vorgebeugt habe, um die Unterlagen in die Kiste zurückzulegen, muss es mir aus der Tasche gerutscht und in der Box gelandet sein!« Frustriert verdrehte sie die Augen. »Jetzt kann ich den Weg noch mal machen.«

»Ich komme mit«, bot sich Louise an und griff nach ihrer Jacke, die sie über eine Stuhllehne gelegt hatte.

»Nein, nein, lass mal. Ich weiß ja, wo ich hinmuss. Gib mir einfach den Schlüssel, damit ich auch in die Garage komme«, sagte sie.

»Du bist der Boss, Boss«, antwortete Louise und hielt ihr Forresters Schlüsselbund hin.

Zehn Minuten waren vergangen, seit Nathalie noch mal zur Garage gefahren war, da kam Miss Warren in Begleitung von Ronald aus dem Hotel ins Café. Er trug ihre Koffer und war so in die Unterhaltung mit der Frau vertieft, dass er Louise gar nicht bemerkte. Die beiden verließen das Lokal und gingen zum Parkplatz, wo Miss Warrens roter Daihatsu stand.

Louise hatte sich einen heißen Kakao mit Sahne geholt, um sich zu wärmen, und einen Tisch ausgesucht, von dem aus sie den seltsamen Transporter mit den getönten Scheiben im Auge behalten konnte. Sie hatte eigentlich damit gerechnet, dass der Nathalie folgen würde, doch sie war längst fort, und der Bedford Transporter stand noch immer am Straßenrand. Zu gern hätte Louise gewusst, was es mit dem Fahrzeug auf sich hatte und wieso es auch vor Forresters Haus in Knowles aufgetaucht war.

Sie sah, wie Ronald sich mit einem Kuss von seiner neuen Freundin verabschiedete und zu gestikulieren begann, um sie aus der Lücke zu lotsen. Plötzlich schoss der Wagen nach hinten und prallte gegen den Transporter. Miss Warren stieg aus und fuchtelte mit den Händen in der Luft herum. Ronald lief umher und besah sich den angerichteten Schaden.

Louise trank den letzten Schluck ihres Kakaos, zog sich die Jacke über und ging nach draußen. »Was ist passiert?«, fragte sie, als sie das aufgeregt diskutierende Paar erreicht hatte.

»Erst haben die Räder durchgedreht, weil da alles gefroren ist«, erklärte der Constable. »Und auf einmal fanden die Reifen Halt, und das ist dabei herausgekommen.«

»So ein Mist, so ein blöder!«, rief Miss Warren. »Weiß jemand, wem dieser Klotz da gehört? Auch wenn an meinem Auto nicht viel kaputt zu sein scheint, kann ich doch nicht einfach wegfahren, oder, Ronnie?«

Louise verzog keine Miene, als sie den verlegenen Blick bemerkte, den Strutner ihr daraufhin zuwarf.

»Doch, doch, du wirst wegfahren können«, versicherte er ihr. »Ich nehme ja alles polizeilich auf. Trotzdem will ich erst noch versuchen, den Fahrer ausfindig zu machen.« Er tippte auf sein Smartphone, dabei fragte er Louise: »Ist das ein Hotelgast?«

»Nein, das wüsste ich. Doch der Wagen fuhr neulich schon mal hier herum, und heute tauchte er dann rein zufällig oder auch nicht so zufällig in Knowles auf, gerade als wir uns in Forresters Haus umsehen wollten. Und bei unserer Heimkehr vorhin stand er schon wieder hier.«

»Und es war ganz sicher dieser Wagen?«, vergewisserte Ronald sich.

»Ich habe mir zwar nicht das Kennzeichen gemerkt, aber für wie wahrscheinlich hältst du es, dass gleich zwei von diesen Museumsstücken hier in der Gegend unterwegs sind, die beide fast schwarze Scheiben haben?«

Der Constable nickte. »Du weißt, ich muss der Form halber fragen.« Die Verbindung zu seiner Dienststelle kam zustande, er gab das Kennzeichen durch.

Während er redete und auf die Rückmeldung wartete, ging Louise um den Wagen herum und fragte sich, ob der Fahrer wohl immer noch am Steuer saß und sich nicht rührte, damit niemand ihn zu sehen bekam. Am Heck angekommen, stutzte sie, als sie eine einzelne Reifenspur im Schnee bemerkte. Sie konnte sich nicht daran erinnern, dort ein Motorrad gesehen zu haben. Bei Schnee und Eis trauten sich kaum Motorradfahrer auf die Straße; deshalb fielen die wenigen Mutigen umso mehr auf.

Ronald kam zu ihr. »Der Wagen ist euch verdächtig vorgekommen?«

Sie nickte. »Ja, weil er ständig überall da unterwegs war, wo wir auch waren. Wieso? Wem gehört er?«

»Zugelassen ist er auf einen gewissen … Jim Smith«, antwortete der Constable.

»Ah, der Stiefbruder von John Smith«, murmelte sie, als sie den Allerweltsnamen hörte, der gern bei anonym gebuchten Hotelzimmern Verwendung fand. »Also ist anzunehmen, dass mit dem Fahrer irgendetwas nicht stimmt. Wenn ich nur wüsste, wo der Kerl hin ist …«

»Mit seinem Motorrad ist er weggefahren«, kam die Antwort wie aus dem Nichts.

Louise und Ronald drehten sich um und entdeckten Mrs Blackman in ihrem Garten, wo sie damit beschäftigt war, das Futter im Vogelhaus aufzufüllen. Obwohl gar nicht mehr so bittere Kälte herrschte, war sie so dick eingepackt, dass außer der Nasenspitze von ihr fast nichts auszumachen war, abgesehen allenfalls von ihrer leuchtend roten Brille, die sofort ihre Trägerin verriet.

»Mit seinem Motorrad?«, wiederholte die Köchin irritiert. »Welches Motorrad?«

»Na, das, was er hinten im Wagen hatte«, antwortete die alte Frau.

»Er hat in seinem Wagen ein Motorrad transportiert?«, murmelte Louise. »Wann ist er denn weggefahren?«

»Ach, das war vor ein paar Minuten«, sagte Mrs Blackman, während hinter ihr ein paar Meisen versuchten, sich gegenseitig aus dem Futterhaus zu jagen. »Ich hatte gerade noch Miss Ames wegfahren sehen, da machte der Mann die Hecktür auf und holte das Motorrad heraus. Dann ist er davongebraust.«

»Wie sah der Mann aus?«, wollte der Constable wissen. »Können Sie ihn beschreiben?«

»Na ja, er sah aus wie die meisten Motorradfahrer. Sie wissen schon, schwarze Lederkleidung, schwarze Stiefel, schwarzer Helm mit schwarzem Visier.«

»Also können Sie zu seinem Gesicht nichts sagen?«, hakte Ronald vorsorglich nach.

Die Frau schüttelte den Kopf, im gleichen Moment packte Louise den Constable am Arm und zog ihn mit sich. »Komm schon, der Kerl hat es ganz bestimmt auf Nathalie abgesehen! Der ist mit dem Motorrad hinter ihr her, weil das vom Black Feather aus niemand sehen kann. Und weil Nathalie zwar auf den Transporter achten wird, sich bei einem Motorradfahrer aber nichts denken wird. Komm, komm, wir müssen zu diesen Garagen fahren. Nathalie könnte in Lebensgefahr schweben!«

»Aber … aber …«, protestierte der Constable, während Louise ihn hinter sich her zu ihrem Wagen zerrte, »… warum rufen wir nicht einfach Nathalie an, um sie zu warnen?«

»Weil sie ihr Handy in Forresters Garage verloren hat«, rief sie ihm über die Schulter zu.

»Forresters Garage?«, fragte Strutner restlos irritiert.

»Ich erkläre es dir unterwegs«, sagte sie und stieg in ihren Wagen ein.

»Da bist du ja«, murmelte Nathalie, nachdem sie die Metallkiste bereits fast vollständig ausgeräumt hatte. Ihr Handy war ganz nach unten gerutscht, aber wenigstens war es dabei nicht beschädigt worden. Ein Fingerdruck genügte, und das Display leuchtete auf. Ein entgangener Anruf wurde angezeigt, bei dem es sich um Louise' Versuch handelte, das Handy anhand des Klingelns wiederzufinden.

»Schön wieder hinlegen!«, sagte plötzlich jemand rechts von ihr.

Nathalie drehte den Kopf zur Seite und wurde starr vor Schreck. Ein blonder Mann, der flüchtig an Daniel Craig erinnerte, stand in Motorradkluft in der Garage und hielt eine Pistole auf sie gerichtet. Sie ließ das Handy einfach los, das unüberhörbar abermals in der Kiste landete. »Was wollen Sie? Wer sind Sie?«, fragte sie.

»Weder das eine noch das andere muss Sie kümmern«, erwiderte der Mann in einem Tonfall, der etwas Bedauerndes an sich hatte, als täte es ihm tatsächlich leid, dass er ihre Fragen nicht beantworten konnte oder wollte.

»Sie haben Forrester umgebracht, richtig?«, fuhr sie fort. »Und jetzt wollen Sie mich auch umbringen.«

»Umbringen und Umbringen sind zwei verschiedene Dinge.«

»Ach, tatsächlich. Würden Sie mir das erklären, oder muss mich das auch nicht kümmern?«, gab sie in dem Versuch zurück, ihn in eine Unterhaltung zu verwickeln.

Der Fremde musterte sie, dann nickte er bedächtig. »Doch, das kann ich Ihnen erklären. Der Unterschied besteht darin, dass ich Sie mit einem gezielten Kopfschuss töten werde. Sie werden getroffen, Sie sinken tot zu Boden, Ende. Bei Forrester hat es viel länger gedauert, weil er lieber die stundenlangen Fausthiebe gegen seinen Kopf ertragen hat, als endlich den Mund aufzumachen. Hätte er mir sofort gesagt, wo die Unterlagen sind, hätte es bei ihm nur fünf Sekunden gedauert, nicht aber fünf Stunden. Sie waren so freundlich, mich herzuführen, also bin ich auch nett zu Ihnen.«

Nathalie stockte bei der Vorstellung der Atem, dass dieser Mann Forrester fünf Stunden lang misshandelt hatte. »Und dann haben Sie ihn an die Brücke gehängt?«

»Es sollte ja schließlich nicht nach einem Mord aussehen«, bestätigte der Mann. »Bei einem Mord stellt die Polizei immer so viele hartnäckige Fragen. Das nervt mich einfach.«

»Und trotzdem wollen Sie mich nun auch umbringen?«, hakte sie geistesgegenwärtig nach. »Dann werden doch noch mehr Fragen gestellt. Außerdem wird Ihr Wagen Sie verraten.«

Der Mann schüttelte den Kopf. »Das wird er nicht.

Mir wurden noch nie Fingerabdrücke abgenommen, meine DNS in Form von Haaren und Schuppen taucht zwar an manchen Tatorten auf, doch da mich niemand verdächtigt, wird auch niemand auf die Idee kommen, einen Abgleich zu machen.«

»Aber Sie hätten doch den Helm auflassen können«, sagte sie. »Dann hätten Sie sich genommen, was Sie von hier beschaffen sollen, und wären wieder gegangen. Ich hätte Sie doch gar nicht identifizieren können.«

»Ach, wissen Sie, tote Augenzeugen sind immer noch die schweigsamsten«, entgegnete er. »Außerdem ist das mit Helm so unpersönlich.«

Nathalie geriet angesichts dieser Antwort in Rage. »Ich bleibe lieber unpersönlich am Leben, anstatt persönlich erschossen zu werden«, fauchte sie den Mann an.

Der lachte von Herzen. »Der war gut, Miss Ames, der war wirklich gut. Aber wissen Sie, ich kann nicht das Risiko eingehen, dass bekannt wird, welche Unterlagen ich hier rausholen soll. Selbst wenn Sie mich mit Helm nicht wiedererkennen würden, könnten Sie anschließend der Polizei sagen, dass ich beispielsweise alle Beweise für den Bestechungsskandal bei der Partei XY mitgenommen habe. Was würde das für einen Eindruck machen?«

»*Das* wäre eine Sache, die mich tatsächlich nicht kümmern würde«, gab sie zurück. Eines war klar, sie würde sich nicht einfach so erschießen lassen. Vielleicht kann ich ja den Metalldeckel packen und in seine Richtung werfen, überlegte sie, wobei sie sich zwingen musste, nicht nach dem Deckel zu sehen und dadurch ihre Absicht zu verraten.

»Das glaube ich Ihnen aufs Wort, Miss Ames«, sagte er verständnisvoll. »Aber jetzt wird es Z…«

»Sofort die Waffe runter!«, hörte Nathalie plötzlich jemanden brüllen. Die Stimme klang vertraut, aber … das konnte nicht sein …

Der Killer drehte sich blitzschnell um und eröffnete ohne Vorwarnung das Feuer. Fast im gleichen Moment wurde er ruckartig nach hinten geschleudert, als verpasste ihm eine unsichtbare Faust einen Treffer nach dem anderen. Leise ächzend sank er zu Boden und blieb liegen, den Blick starr zum Himmel gerichtet.

Sekunden später kamen zwei Personen in die Garage geeilt. Der Mann beugte sich über den Killer, die Frau hielt eine Pistole schussbereit in der Hand.

»Er ist tot«, stellte Ronald fest und atmete erleichtert aus, als klar war, dass Nathalie jetzt in Sicherheit war.

Louise nickte nur und kam näher. »Alles in Ordnung, Nathalie?«

»Ich … ich glaube schon«, brachte Nathalie heraus, dann fiel sie ihrer Lebensretterin um den Hals.

Epilog, in dem Nathalie zwei erfreuliche Überraschungen erlebt und ein Mann unter Verdacht gerät

Um kurz vor elf am nächsten Tag klopfte es an Nathalies Wohnungstür. »Ist offen«, rief sie.

Constable Strutner kam herein und nickte Louise zu, die bei ihr saß. »Und wie fühlst du dich heute, Nathalie?«, fragte er besorgt.

Sie lächelte ihn an. »Danke der Nachfrage. Ich habe den Schreck überwunden. Ehrlich gesagt hatte ich mehr Angst um euch als um mich. Als ich Louise und dich rufen hörte, er solle die Waffe runternehmen, und er dann sofort das Feuer eröffnete, da dachte ich nur, er bringt euch beide um und erschießt mich dann auch noch.«

»Es ist halt ein Unterschied, ob man nur auf ein Ziel schießt oder ob man das Ziel auch trifft«, antwortete ihre Köchin. »Hätte er auch eine Ausbildung zum Scharfschützen gemacht, wäre es vermutlich anders ausgegangen, aber ihm ist trotz allem der Fehler unterlaufen, auf einer Stelle zu verharren, anstatt sich zu bewegen. Der Mann war so was wie eine lebende Zielscheibe.«

»Du hast eine Scharfschützenausbildung gemacht?«, hakte Nathalie interessiert nach. »Das wusste ich noch gar nicht.«

»Ich auch nicht«, ergänzte Ronald.

Louise sah die beiden verwundert an. »Habe ich das gesagt?«

»Ja, hast du«, antwortete der Constable, doch Nathalie schüttelte den Kopf.

»Nein, das hat sie nicht«, widersprach sie. »Der Satz war wieder mal eine von Louise' wohlüberlegten Formulierungen, mit denen sie scheinbar etwas über sich verrät, und bei genauerem Hinhören hat sie dann eigentlich doch nichts gesagt.« Sie lächelte Louise anerkennend an. »So was muss man erst mal können.«

»Gibt es was Neues über unseren Killer?«, wandte sich Louise an Ronald und wechselte das Thema.

»Tja, die Kollegen in Bath haben die ganze Nacht lang sein Apartment auf den Kopf gestellt, aber unser ›Jim Smith‹ war offenbar ein sehr genügsamer Mensch. Er hatte das Zimmer möbliert gemietet und jeden Monat die Miete bar bezahlt«, berichtete er. »Dem Vermieter war es egal. Smith hat ihm wohl erzählt, dass er einen Berg Schulden mit sich herumschleppt, die er seiner Ex-Frau zu verdanken hat, und sobald er bei irgendeiner Bank ein Konto eröffnet, wird ihm jeder Penny abgenommen, den er als Guthaben hat.«

»Also haben sie in dem Apartment nichts gefunden, was zu seinem Auftraggeber führen könnte?«, fragte Louise.

»Nur einen Sack voll Geld, im buchstäblichen Sinn.

Über neunzigtausend Pfund in einem Stoffbeutel.« Er zuckte mit den Schultern. »Da werden die Kollegen noch viel Spaß haben, die Scheine auf Spuren zu untersuchen und festzustellen, ob das die gesamten Ersparnisse des Killers waren oder nur das Honorar für einen Auftrag. Ich persönlich würde ja sagen, dass der Betrag die Anzahlung für den Mord an Forrester ist, aber mehr nicht. Wenn er einer Sache nachgegangen ist, dann hat das die Verantwortlichen am Ende meistens gleich ein paar Millionen Pfund gekostet.«

»Dagegen sind ein paar Hunderttausend Pfund für einen Killer ja nur ein Trinkgeld«, meinte Louise.

»Apropos Forrester«, fuhr Ronald fort. »Was werdet ihr eigentlich mit seinen Unterlagen machen?«

»Wir?«, erwiderten Nathalie und Louise gleichzeitig.

»Na ja, das ist doch brisantes Material«, argumentierte er. »Das alles zusammenzutragen hat Forrester letztlich mit dem Leben bezahlt. Es wäre doch unwürdig, wenn das, was da noch alles schlummert, einfach in irgendein Archiv wandert oder sogar im Reißwolf landet.«

»Aber wie willst du das erklären?«, fragte Louise. »Du handelst dir sicher Ärger ein, wenn du Unterlagen verschwinden lässt.«

»Erstens ist das kein Beweismaterial, weil niemand angeklagt wird«, stellte er klar. »Und zweitens habe ich heute Morgen Madame Labraccia in ihre Kristallkugel schauen lassen.« Er grinste amüsiert, als er die fragenden Blicke der beiden Frauen sah. »Sie hat gesehen, dass der Vermieter in der ersten Januarwoche merkt, dass Forrester die Garagenmiete nicht überwiesen hat. Er wird ihn anschreiben und die Zahlung anmahnen und dann wieder ein paar Tage warten. Danach wird er mit der Räumung drohen, und weil immer noch niemand reagiert, fährt er zu seinen Garagen, schließt sie auf und findet sie völlig leer vor. Niemand weiß, was sich überhaupt darin befunden hat.«

Louise nickte ihm anerkennend zu. »Das ist so unglaublich anständig von dir, Ronald. Danke!«

Er verzog den Mund, als wäre das keine große Sache. »Und dann ist da ja noch der Killer, der mit seinem letzten Atemzug die Worte ›Alles … vernichtet‹ rausbrachte, als ich mich über ihn beugte«, fügte der Constable hinzu. »Das kann jeder für sich auslegen, wie er möchte.«

»Das wird sicher einige Leute aufatmen und wieder ruhig schlafen lassen«, meinte Nathalie und grinste dabei schadenfroh. »Sollen sie ruhig glauben, dass die ›Akte Forrester‹ zu ihren Gunsten geschlossen worden ist. Das wird sie unvorsichtig machen.«

»Es wird vor allem einen unvorsichtig machen«, sagte der Constable und grinste nun triumphierend. »Sir Alfred Battersfield von der hiesigen Regionalregierung, Vorsitzender der Tories.«

Nathalie und Louise sahen ihn fragend an.

»Die letzte Nummer, die ›Smith‹ gewählt hatte, gehört zu einem Prepaid-Handy. Die Nummer taucht in der Anrufliste ein paarmal auf. Das Handy wurde von Sir Alfred gekauft, es ist auf ihn eingetragen.«

»Warum sollte er einen Killer auf Forrester hetzen?«, wunderte sich Louise. »Hat er irgendwas zu verbergen?«

»Wir reden hier über einen Politiker«, warf Nathalie mit einem Augenzwinkern ein. »Da könntest du in dem erstaunten Tonfall eigentlich nur fragen, ob der Mann *nichts* zu verbergen hat.«

»Okay, da hast du recht, Nathalie«, gab sie zurück. »Aber er wird doch wohl kaum so dumm sein, ein Handy zu benutzen, das auf ihn läuft.«

»Möglicherweise weiß er das ja gar nicht«, gab Ronald zu bedenken. »Vielleicht hat seine Sekretärin ihm das besorgt, und er meint, kein Mensch kann ein Gespräch mit diesem Handy zu ihm zurückverfolgen.«

Louise nickte zustimmend. »Das ist gut möglich. Der größte Teil dieser werten Herrschaften ist ohnehin noch nicht im einundzwanzigsten Jahrhundert angekommen.«

»Wir können ihn aber nicht einfach damit konfrontieren, dass er mit einem Profikiller telefoniert hat«, sagte Nathalie. »Er wird erst mal alles abstreiten und dann versuchen, alle Spuren zu verwischen.«

»Wir werden zunächst einmal gründlich recherchieren«, erwiderte Ronald. »Wir müssen zusammentragen, zu welchen Themen Sir Alfred Battersfield sich geäußert hat und ob irgendetwas davon zu Forresters Unterlagen passt.«

»Ja, zum Beispiel dieses Projekt ›Raven's Gate‹«, sagte Nathalie. Ihr Gesicht nahm bei dem Gedanken an die geplante Luxusstadt einen entschlossenen Ausdruck an. »Ich ziehe doch nicht aufs Land, damit dann die Gegend für irgendwelche Reichen zubetoniert und eingezäunt wird.«

»Und ich werde meine Kontakte bemühen«, ergänzte Louise. »Möglicherweise ist ja diese Handynummer der letzte noch fehlende Beweis, um diesem ›Sir‹ das Handwerk zu legen.«

»Ich würde sagen, Mr Forresters Arbeit wird uns noch eine ganze Weile verfolgen«, prophezeite Nathalie. »Aber wenigstens ist es seinem Mörder nicht gelungen, unerkannt unterzutauchen. Und er hat es auch nicht geschafft, das belastende Material verschwinden zu lassen.«

»Jetzt kann Weihnachten kommen«, verkündete der Constable. »So, ich muss wieder los. Die Arbeit ruft.«

»Einen Moment, Ronald«, hielt Louise ihn auf. »So schnell entwischst du uns nicht! Was ist mit dieser Miss Warren? Seht ihr euch wieder? Und wenn ja, wann? Und wenn nein, wieso nicht? Woher kennt sie dich überhaupt? Wir wollen Antworten und keine Ausflüchte.« Sie zwinkerte Nathalie zu. »Du hast selbst gesagt, dass ich die Spezialistin für Befragungen bin. Also versuch gar nicht erst, dich mit Gegenfragen oder schwammigen Antworten aus der Affäre zu ziehen.«

Ronald seufzte gedehnt, als fügte er sich in ein schweres Schicksal. »Also gut, wenn es unbedingt sein muss: Wir sehen uns wieder. Wenn alles klappt, wird sie zwischen Weihnachten und Neujahr herkommen.«

»Da sind aber alle Zimmer ausgebucht«, warf Nathalie besorgt ein.

Louise konnte nicht anders, als laut zu lachen. »Wenn Miss Warren wieder herkommt, glaubst du dann wirklich, dass sie hier ein Zimmer braucht?«

»Oh, stimmt«, murmelte Nathalie, während der Constable einen roten Kopf bekam.

»Und woher kennst du sie?«, wiederholte eine unerbittliche Louise. »Ich hab doch recht: Du kanntest sie schon vorher, oder?«

»Ich … ich musste ihr vor ein paar Monaten einen Strafzettel verpassen, weil sie ein Stoppschild überfahren hatte«, erzählte er sichtlich verlegen. »Ich fand sie sehr sympathisch, und ich habe keine Ahnung, welcher Teufel mich da geritten hat. Auf jeden Fall hatte ich ihr halb im Scherz angeboten, ihr gelegentlich bei Kaffee und Kuchen die Sache mit dem Stoppschild noch mal zu erklären.«

»Casanova, dein Name ist Ronald Strutner«, scherzte Louise.

Bevor er noch etwas sagen konnte, klopfte es wieder an der Tür. »Herein!«, rief Nathalie.

Fred Estaire kam herein. Er hatte einen großen Zeichenblock unter den Arm geklemmt. »Guten Morgen, allerseits! Darf ich Sie kurz stören, Miss Ames?«

»Solange Sie mir versprechen, dass Sie weder tanzen noch singen werden«, gab sie lächelnd zurück.

Er kam näher, drehte einen Sessel so, dass er den Block auf die Armlehnen stellen konnte, und erklärte: »Das ist erst mal nur ein grobes Konzept, damit Sie eine Vorstellung von dem bekommen, was mir vorschwebt. Sie können absolut alles verändert haben, was Ihnen nicht gefällt, es ist einfach nur eine Idee.«

Eine halbe Stunde später saß Nathalie da und konnte nicht glauben, was sie eben gesehen hatte. Estaire hatte innerhalb weniger Tage einen eigenen Kosmos rund um das Black Feather geschaffen und buchstäblich Hunderte Skizzen und Zeichnungen angefertigt. Er hatte Figuren wie den Raben Eugene erfunden, der die Besucher durch die Seiten und damit durch das ganze Haus führte, und das nicht nur in der Form, in der es heute existierte. Das Ganze war zugleich eine Zeitreise durch die Geschichte des Hauses – und das alles war bloß ein Entwurf.

»Und?«, fragte Estaire, als er den großen Zeichenblock wieder zuschlug. »Was sagen Sie?«

Nathalie sah zu Louise und Ronald, die von der Vorstellung genauso begeistert waren wie sie selbst. »Gekauft. Genau so und nicht anders will ich das haben«, antwortete sie, als sie wieder in der Lage war, einen Ton herauszubringen. »Das ist schlichtweg genial, Mr Estaire …«

»… Fred …«, warf er ein.

»… Fred«, sagte Nathalie prompt. »Das ist genau das, was ich Ihnen bei unserer ersten Begegnung gesagt habe. Zeigen Sie, was Sie können, und Sie werden die Anerkennung bekommen, die Sie verdienen. Fantastisch,

Fred. Geben Sie mir einen Kostenvoranschlag mit einem verbindlichen Zeitplan, wann alles fertig sein wird, dann zahle ich Ihnen einen Vorschuss. In Ordnung?«

»Geht klar, Miss Ames.«

»Nathalie«, erwiderte sie reflexartig.

»Nathalie«, wiederholte er, dann fügte er an: »Darf ich Sie jetzt fragen, ob ich Sie in nächster Zeit zum Essen einladen darf?«

Sie lächelte ihn an, schüttelte aber gleichzeitig den Kopf. »Fragen dürfen Sie mich das zwar jederzeit, allerdings bekommen Sie im Moment noch ein Nein zu hören. Erst will ich sehen, ob Sie sich an Ihre eigenen Zusagen halten und zu dem Termin liefern werden, den Sie für realistisch halten. Einverstanden?«

Estaire nickte und lächelte dabei verschmitzt. »Einverstanden.«

Nachdem er gegangen war, begaben sich auch Louise und Ronald wieder an ihre Arbeit. Kaum war Nathalie allein, klingelte ihr Handy.

»Schatz, ich bin's«, meldete sich ihre Mutter.

»Mum? Was ist los? Ist was passiert? Seid ihr schon auf Hawaii?«

»Das hier fängt zwar auch mit H an, doch es ist nicht so sonnig«, antwortete sie.

Nathalie überlegte kurz, kam aber nicht dahinter, was ihre Mutter meinte. »Ich muss passen, Mum.«

»Heathrow.«

»Ihr seid noch gar nicht abgeflogen?«

»Der Schnee macht uns einen Strich durch die Rechnung«, erklärte Juliet.

»Nehmt ihr einen späteren Flug?«

»Das wollten wir, ja, doch je näher Weihnachten rückt, desto länger sind jetzt schon die Wartelisten. Außerdem habe ich das Gefühl, dass irgendwo vermerkt ist, dass wir den Flug geschenkt bekommen haben. Denn so wie die uns hier warten lassen, muss man meinen, dass sie wissen, dass wir keine Erstattung der Reisekosten fordern können«, berichtete ihre Mutter mürrisch.

»Wie lange wollt ihr denn noch warten?«

»Gar nicht mehr. Ich wollte dir nur Bescheid sagen, dass wir jetzt zurück nach Hause fahren.«

Nathalie zögerte keine Sekunde. »Warum verbringt ihr die zwei Wochen nicht hier bei mir?«

»Wir können doch unmöglich …«

»Unsinn, Mum«, unterbrach Nathalie sie. »Ihr habt für zwei Wochen eine Vertretung im Geschäft, also könnt ihr auch herkommen.«

Nach einer Pause sagte ihre Mutter: »Das ist wirklich lieb von dir, Schatz. Dann … bis nachher!«

»Bis nachher!«, erwiderte Nathalie froh und legte das Handy zur Seite. Sie stand auf und ging zu dem Fenster, von dem aus sie Earlsraven sehen konnte.

Es hatte wieder zu schneien begonnen. Dicke Flocken sanken langsam zu Boden und ließen vergessen, dass am Tag zuvor noch Tauwetter eingesetzt hatte. Durfte man den Wetterfröschen glauben, würde an Weihnachten alles tief verschneit sein.

»Ja, jetzt kann Weihnachten kommen«, flüsterte sie zufrieden.

ENDE